Pornografia pessoal
de um ilusionista fracassado

Nilo Oliveira

Pornografia pessoal
de um ilusionista fracassado

1ª Edição
POD

Petrópolis
KBR
2012

Edição de texto **KBR**

Editoração **APED**

Capa **Pornografia: KBR sobre arquivo Google (Prostitutas em Honduras)**

ISBN: 978-85-64046-99-3

KBR Editora Digital Ltda.

www.kbrdigital.com.br

atendimento@kbrdigital.com.br

24 2222.3491

B869.3 — Ficção e contos brasileiros

**Nilo Oliveira** nasceu em 1972, na cidade de Porto Alegre (RS). Formou-se em Psicologia e lecionou esta matéria por oito anos, em cursos de Direito. Como contista, participou de antologias no Brasil e no exterior. Em 2004, publicou pela Editora Baleia o volume de contos *Pornografia Pessoal de um Ilusionista Fracassado,* ora reeditado pela KBR. Vive atualmente em Florianópolis (SC) e prepara a novela *Vacum,* ganhadora da bolsa Petrobras Cultural 2011, a ser lançada no segundo semestre de 2012.

E-mail do autor: nilosoeirodeo@ig.com.br

A melhor maneira de se familiarizar com a morte
é encostá-la numa ideia libertina.
(Sade)

Aos meus irmãos (o congênito e os adquiridos).
Ao meu pai e ao meu avô.

Sumário

Apresentação

Os contos que integram esta Pornografia soam como pequenos atentados melancólicos. Como um Georges Bataille que tivesse sido lido pelo Bud Spencer, que sabe que, para um homem, "em qualquer circunstância, é constrangedor ser o melhor amigo de uma mulher", que a "esperança é a pedra fundamental de todo cretino" ou que o "ridículo é uma tristeza virando cambalhotas", não resta a menor dúvida de que o Nilo Oliveira cometeu um belíssimo e contundente livro de estreia; e de que o alvo preferencial destes seus atentados, obviamente e em última instância, é ele próprio.

Não o Nilo. O narrador, o Ilusionista Fracassado em pessoa. Afinal, se, como diz o Narrador, ou melhor, o Nilo, Deus só criou a inércia, "o resto — todo o resto — deve ser obra do Outro". É que ele sabe que o truque "mais básico e canalha" de todo ilusionista/ contista é que "com a destra se chama a atenção do respeitável público; com a canhota manipula-se redes de esgoto e fios de alta tensão". Em outras palavras, o Nilo tem o que dizer, e sabe como dizer, tai o ilusionista — ou a literatura — que não me deixa mentir. Por isso, não facilita, vai até o fim e passa longe de experimentalismos e hermetismos gratuitos que viraram uma espécie de ponto turístico de boa parte das linguagens ditas modernas.

Saca só: "a infância é uma existência a rés-do-chão onde se é agraciado com a total ignorância da morte. Quando se sabe da morte — e não importa realmente quando isso aconteça — a infância termina (...). É quando, no meio de uma surra, se para de chorar".

Entre canduras e trapaças. Mediocridades e culpa (o filé-mignon da tara"), ternura equina e compaixão represada, altas putarias — "alguns aprendem línguas, outros praticam *rafting*, seguem trilhas no meio do mato" — e surpreendentes reflexões sobre a condição humana, tudo acoplado a uma narrativa ética e precisa — fora isso o Nilo é um exímio descritor do chamado "mundo externo", seja do órgão genital de uma de suas personagens, de uma ação ou de um simples ambiente inóspito — eis o que aguarda o leitor nestas histórias: a "autobiografia masturbatória" do tal Ilusionista Fracassado, habitante inexorável deste "picadeiro sadomasoquista chamado vida adulta".

No mais, tá tudo aí. Em "o Masturbador", os pingos nos iis dessa tentativa frustrada de exumação — as "valetas do cérebro" — de onde parte sua escrita. Em "Macaquinhos no Sótão", o amor, "as palavras que nunca foram estas que tento, agora, encaixar umas nas outras". Já os contos "História de um Silêncio", e o que dá título ao livro — esse, cá entre nós, nem Nabokov faria — devem ser imediatamente internados na ala dos mais pungentes e viscerais escritos nos últimos tempos. Provas definitivas — da qual posso atestar, aqui, *in loco* — de que, pensando bem, ninguém sai incólume desses atentados.

Com vocês, Nilo Oliveira e sua Pornografia existencial chamada Literatura.

Marcelo Montenegro

Prefácio

"Sinuca de bico" não é o melhor conto desta "Pornografia pessoal...", mas me fez entender porque sou amigo do Nilo Oliveira, o autor. Trata de "olhos cheios d'água, da garganta queimando" e, a meu ver, além de ter encaçapado toda uma "Geração 90" (eu não me incluo nisso, evidentemente), sintetiza o que eu também resolvi chamar de "a ética do foda-se". Um pequeno conto-libelo voltado contra o umbigo. Um treco que, sobretudo por não perder de vista o deboche e a corrupção, excede a impassividade estoica ante a dor e as adversidades da vida. Nilo Oliveira inaugura uma postura de ossos quebrados, do "foda-se" cm scu mais alto grau de compro metimento. Não é por acaso que esse "foda-se" perpassa todo o livro. A primeira frase de "Sinuca de Bico" chancela o que eu digo: "Ergueu a guarda e disse Não".

O Nilo é um autor que, diferente de mim, não acredita nas mentiras que as mulheres contam, mas compartilha comigo e com Dostoiévski, ao seu modo, creio, a humanidade e o desinteresse paradoxal pela misericórdia. Ele, o Nilo, também tem uma tese curiosa que diz que foi o Pampa que salvou Borges dos labirintos da erudição. E, não bastasse, também é amigo do Bortolotto e reclama — com razão — do mundo em geral e das picaretagens do Leminski. Um cara desse naipe e que escreve desse jeito, enfim, tão parecido comigo, só poderia ter a minha estima. Isso — é bom dizer — tem tudo a ver com este seu livro de estreia. Ou ainda: como é que não vou gostar de um autor que compreende — só pra dar um exemplo (está implícito em sua literatura) — a dimensão trágica das molecagens e o termo didático dos porres do Bukowski? Como é que posso dissociar uma coisa da outra, e não ser amigo do Nilo? Por estas e outras, e porque uma alminha esvaziada e acadêmica jamais vai entender o que eu falo, que pedi pro Nilo o prefácio desta "Pornografia Pessoal" antes mesmo de o livro existir. Eu sei das coisas. E Nilo Oliveira é um grande escritor. Ponto.

Se eu dissesse, porém, que a importância da obra (antes e depois de existir) está em segundo plano, estaria confirmando não apenas minha amizade pelo Nilo, mas também minha clarividência e os méritos dele como escritor. Não há contradição nisso — muito pelo contrario. A criatura (como disse Jayme Ovalle a Vinicius de Moraes) é maior que a criação.

O livro tem dezenove contos. Eu poderia cotejar alhos com bugalhos e recorrer a tecnicidades para comentá-los — porém nada disso me interessa. O que vou fazer é citar trechos do "Pornografia..." para provar que outro prefaciador mais sério e dedicado, aqui no meu lugar, chegaria às mesmíssimas conclusões a que cheguei, sem conhecê-lo. Vamos lá:

"O amor é um troço pródigo em subprodutos. Rebentos, purulências. E, como se não bastasse — palavras (...). Se a consciência da inutilidade da coisa viesse junto com o tesão, ninguém fodia — e todos os problemas do mundo estariam resolvidos" ("Toca de gambá").

Os outros dezoito contos falam de "madrugadas sujas de esperma", de "um álbum de pirocas" e de "mamas enraizadas no sopé da fome ancestral (...) da gana zoológica e inexplicável pela sobrevivência". Uma história melhor que a outra, um livro pródigo de rebentos, purulências e campos minados. Nilo Oliveira fala dos "tapumes e das paliçadas que um homem tem que espalhar em torno de si" ("A última cidadela"). Ele não leva desaforos pra casa (o livro tampouco), humilha os garçons que merecem e eu desconfio que vai desagradar muito viadinho cultural por aí e, evidentemente — uma vez que a espécie humana continuará procriando — não resolverá todos os problemas do mundo, mas pode (e deve, sim!), depois deste prefácio, pagar umas biritas e umas putas para mim.

Seja bem-vindo, Nilo. Sou um admirador da veemência do seu texto e da ética que você soube arrancar dos escombros. O resto, toda a literatura brasileira, que já me era devedora, agora vai ter que se haver com você. O problema é da literatura. O resto, Nilo — como você bem escreveu — "vai explodir sobre as cabeças como um desejo de pêsames". Azar de quem tiver que recolher os pedaços. Que se foda o resto, sinceramente.

Um abraço, do
Marcelo Mirisola

1. Sinuca de bico

SINUCA DE BICO

Ergueu a guarda e disse Não. Desse jeito: ergueu a guarda, mandou todos à puta que os pariu e ficou esperando. De pé, encostado num muro, os pés calçados de civilização, o próprio muro e o lugar onde estava pisando, tudo calçado por rotinas bem treinadas, menos a palavra que agora cuspia da boca — assim: Não.

Era mais a possibilidade de perder os dentes que o incomodava. Não o medo da dor, de todos aqueles punhos nus e pés calçados, de todo aquele ódio e desejo de morte que só um homem *bem educado* pode cultivar dentro da carne por anos e anos, como um amor ou um câncer.

Na paisagem submersa dos últimos minutos (horas, meses, anos), já sentia o corpo se debater de dentro pra fora. No pescoço, nos pulsos, no descompasso dos batimentos cardíacos, o sangue forçava uma brecha, procurando, a todo custo, cumprir sua vocação de jorro e coágulo. Na boca, um gosto árido de sarjeta, cortiça —, de palavra que, uma vez dita, não tem mais retorno possível, como um aperitivo —, um antepasto pro sabor ressecado do chão.

Sabia que defender a cabeça seria o último gesto. E esta recusa breve, definitiva, a última palavra que iria dizer. Em torno e adiante, um cortinado negro e opaco, como se árvores e calçadas e beco e muro fossem uma coisa só, e despencassem sobre ele numa sincronia de onda. A única certeza: seu futuro se resumiria à primeira porrada. Depois, o esquecimento.

Em nenhum momento pensou em fugir. Nem na possibilidade de ser salvo na hora H, como acontece nos filmes. Ele todo, uma coragem em estado bruto, com toda a estupidez e redenção embutidas nesse sentimento. Nunca tinha sido um herói, nem nunca tivera vontade de sê-lo. Agora era a chance de provar essa filosofia de pé quebrado, várias vezes confundida com a covardia, que o justificava desde que se conhecia por gente: se acontecesse o que muito provavelmente estava pra acontecer, seria chamado no máximo de estúpido, nunca de herói.

Recordou cada rosto conhecido e todos diziam: *"Fuja"*.

Pensou nos parentes, nas histórias de valentia que o pai contava, na tradição guerreira dos homens da família, e sentiu o corpo enrijecer a partir dos punhos: chegara o momento de provar que todos estavam errados.

Olhando pela fresta entre os punhos, murmurou "filhosdumaputa", cada vez mais alto, "Filhos duma puta!... FILHOS DA PUTA!" — até sentir a garganta queimando, os olhos cheios d'água, o muro derreter pelas costas e a realidade inteira se estilhaçar em cacos afiados na pedra oca e angulosa do mesmo grito.

De guarda erguida e voz machucada, esperou. Num silêncio de campo aberto, mais opressivo que o som mais estridente, continuou à espera.

Sabia que eles continuavam ali, compactos e cheios de ódio. Pressentiu a respiração controlada e a tensão furiosa de todos aqueles silêncios somados. *Uma palavra*, pensou, *uma pala-*

vra capaz de mudar tudo... Deixou a musculatura descansar sobre os ossos e seu coração voltou a bater no compasso normal.

Baixou a guarda e disse: Sim.

O primeiro murro explodiu contra sua cabeça como um desejo de pêsames.

2. Pornografia pessoal

A sorte dos amantes é o mal (o desequilíbrio) a que o amor físico os obriga. São condenados, sem fim, a arruinar a harmonia entre eles, a combater na noite. Pelo preço de um combate, pelas chagas que fazem um ao outro é que se unem.

(Bataille)

Toca de gambá

(do amor e seus subprodutos)

Subitamente uma cor. Encostada na palavra merda. Um fio mumificado de fitas isolantes pende do teto. Na extremidade, uma lâmpada de 40 V oscila, lotada de farpas e promessas de incêndio.

Cansado. Cãibras nas panturrilhas. Essa mania de nunca dizer não a uma buceta. A casa inteira treme a cada estocada — paredes de madeira, sombras, enfeites, grilos e sapos lá fora. Lençóis encharcados. A cama — uma geringonça de molas e grades — mal cabe no aposento. Na minha frente, um espelho. Cheio de pontos escuros e manchas de mofo (meu tórax curvo emergindo de duas meias-luas de carne branca), um aspecto de fruta apodrecida em tudo o que é nele refletido.

O suor escorre em grossos veios pelo rego, costas, virilhas. No espaço salobro, um molusco pulsa, agoniza e morre a cada toque de corpo.

O sexo é um carrossel de mongoloides. Já estou há horas nesta inércia, nesta liturgia autista, vaivém (pianíssimo) vaivém... A mulher em transe, cu empinado, rosto afogado na fronha. Às vezes solta um gemido longo e flácido, como de uma alma penada. Implora, enrolando a língua, pra que eu a enrabe. Sua buceta está toda assada, diz ela. *Põe no meu cu, paizinho... por favor, paizinho...* — e cada vez que o pau vem à tona, seu cu me lança piscadelas de cumplicidade: enamorado, o cu.

Já enfiei nele dois dedos. Os cantos das unhas cheios de merda. Maquiagens, frascos, santinhos e exus tremem na penteadeira. Um Cristo pendurado perto do espelho exibe sob o manto, num gesto lânguido, um coração sanguinolento coroado de espinhos. E o cu — que abre e fecha em sincronia com os lábios da mulher de quatro — é quem parece pedir pra que eu silencie com minha carne (eucaristia) sua boquinha cinzenta e enrugada.

O tempo é oco, purulento. De onde escorrem luzes, sons e cheiros, que são absorvidos pela atmosfera viciada.

Lábios ásperos: uma auréola marrom encharca os lençóis, coroando o final do rego. Na boca, um gosto de buceta e éter. Mãos firmemente cravadas nos mondongos das ancas, castigo a buceta com raiva, como se quisesse invadir o reto pelo avesso. O bucetão masca, rosna, grasna, cospe, gargareja e espuma, verdadeiro focinho de buldogue, raivoso e desdentado.

Fode, querido... mete no meu buraquinho... Mete!

O boteco mais imundo. A puta mais feia. Os escolhos do inferno! A imagem de um quartinho imundo grudada na testa, a raiz de tudo o que sabe a enxofre e o sentimento de pânico debruçado à borda de um gozo que se sabe impossível.

Arranco a verga do interior daquela manta de carnes desfiadas. E faço a vontade da dona: no rabo, tudo de uma vez, até sentir a pança sobre o cóccix (quase nem ricocheteia nas berbelas): *Ahhhhi, Paizinho!* — ela grita. Depois enfia o polegar na boca e, de olhos fechados, começa a balbuciar, feito criança de colo (vaivém, vaivém, vaivém) — não sinto meu cacete. Um barulho de ralo na última volta do redemoinho. Não tenho ideia se está duro ou mole. Tudo em torno cheirando a tabaco, suor, café com leite velho, excessivamente açucarado. Não tenho a menor ideia de como cheguei a este lugar. Bruxas e mosquitos em torno da lâmpada. Um grande cascudo, com um chifre teso e curvo sobre o focinho, escorrega, lentamente, pela moldura da janela. Adivinho lá fora ruas baldias, estradas de chão batido, valetas entupidas de barro e merda (este cuzão, onde agora estou metido, deve ser responsável por encher boa parte delas), meninos e meninas correndo nus e enrabando-se mutuamente.

Amor.

Um choro de bebê. Alto, esganiçado. A parede, muito próxima ao ouvido, parece estremecer. A mulher se enrijece, orelhas em pé, tesa e alerta como um cão:

— Puta merda! — rosna, me expulsando do reto com um movimento das ancas.

Instintivamente olho pra baixo: um cacete mal e porcamente endurecido, besuntado por uma pasta *dégradé* entre o marrom e o bege. A mulher sai do quarto praguejando, some pela garganta escura do pequeno corredor um pouco além da porta e volta, embalando nos braços um bebê esquálido, roxo de tanto chorar.

Sacode-o com raiva:

— Cala a boca, peeeste... Cala a boca, demooonho... Não vê que a vovó tá fudendo?

"Vovó?" — meu corpo amolece inteiro. De costas, um estrondo sobre a madeira áspera da parede. A mulher continua andando pra lá e pra cá. Sacode com ódio a pequena trouxa barulhenta. Sorri:

— Este peste é meu neto. Nem parece que sou vovó, não é? — me pisca o olho. — Aquela desgraçada da minha filha... Ainda deve tá na farra, a desgraçada.

Tem que gritar pra sobrepujar os berros do guri.

— Sabe a moreninha que tava comigo? Pois é, minha filha — olha pro bebê, um brilho homicida na barra do cenho — a desgraçada! Eu sempre falo pra ela, fazer tu sabe, né? Na hora de cuidar, é só no meu, não é?... Cala esta boca, endemonhado! Olha a cara que o moço tá fazendo!

Duas gárgulas acocoradas no chão... Desenham caralhinhos flácidos na lataria do meu carro... O Cristo sorri pra mim da parede e faz um gesto obsceno. Num pôster de revista, Chitãozinho enfia a língua na orelha de Xororó.

Vertigo: a queda sincronizada. Uma buceta enorme e escancarada abre abre abre... emenvolvemseusnovelos...

Acordo sozinho. Aos poucos, vou recuperando o foco das coisas.

O choro que não para, arrancado à espátula do fundo da garganta.

Nu, recostado na junção das paredes, cabeça rodando, vejo de repente vovó surgir bem próxima da cara.

Um renato aragão antes da plástica.

— Tás dormindo, paizinho? — didi mocó segura meu pau com firmeza. — Não tá, não... Tem uma coisa aqui que ainda tá meia acordada — diz, ordenhando com habilidade o dito cujo. — Deixa, paizinho, deixa com a Sossô...

(*Solange*: eis o nome da criatura).

Sinto uma língua áspera no pescoço, depois no peito, e depois, alternadamente, nos mamilos. Uma moleza nos braços — a língua de esponja descendo pela barriga, o rastro da lesma sobre o muro.

Onde diabos eu tinha deixado o carro? Me lembro de uma encosta, uma estrada de terra, uma trilha pelo meio do mato e, num tronco de árvore, uma língua áspera como a de um cachorro (o bafo fermentado nas papilas) a se intrometer na minha goela.

...lambe as virilhas... circunda os colhões...

Quero gritar que não, dar um pontapé na gárgula e me mandar dali, mas me sinto morto, frouxo, vazio de gritos, peidos, ossos, sangue ou qualquer outra coisa capaz de, espontaneamente ou não, me fugir do corpo em sinal de protesto. O bebê aos berros. Tudo a escorregar por um ralo macio e aquecido, cheio de algas. Músicas de ninar...

Minhas bolas: a fome de pica desta senhora.

Que chupa meu pau. Eu, de corpo e alma, sugado pelo rangido da cama, pelas sombras que oscilam com a lâmpada, pelo cafofo inteiro (que range), pelo choro desesperado e rouco do pedaço vivo de picanha no quarto ao lado (verdadeira terneirona, esta senhora).

Subitamente, uma certeza: fome. Aquele filhinho duma puta está chorando de Fome. Qualquer imbecil é capaz de adivinhar o que uma criança está querendo: *instinto materno é algo que substitui a demência progressiva ou o infanticídio em massss... ah!...! ...! ...!* ...três jatos de uma porra farta, completamente alheia ao resto do corpo — como se, amputado na cintura, eu continuasse mijando.

(O pau é um órgão nobre porque mija.)

A mulher recolhe na boca todo o iogurte. Chega a puxar com o dedo um resto que ia escapulindo pelo beiço. Bochechas cheias, pula da cama e some pelo corredor. *Deve ter ido lavar a boca*, penso eu — se o banheiro não fosse pro outro lado.

Silêncio.

O som agradável dos grilos e dos sapos. Um rádio, ao longe, escarra a voz poderosa de um pastor evangélico. No quarto ao lado, na parte mais oca do silêncio, um rangido carinhoso e contínuo. Um berço: Solange debruçada sobre ele.

O bebê parou de chorar.

A mulher no quarto ao lado. Meu corpo que escorrega entre colchas molhadas como pra dentro da terra.

O amor é um troço pródigo em subprodutos. Rebentos, purulências. E como se não bastasse, palavras. Duras, viscosas (estou convicto, do fundo dos intestinos), as mesmas, sempre, por séculos e séculos — palavras. Que aqueles que desejam foder são obrigados a falar uns pros outros (antes ter penas coloridas, antes ser almoçado pela fêmea no fim da cópula).

Se a consciência da inutilidade da coisa viesse junto com o tesão, ninguém fodia: e todos os problemas do mundo estariam resolvidos.

— Tás dormindo, paizinho?

Finjo que sim. A luz se apaga. Dois seios grandes e moles como cabeças de polvo envolvem meu braço. A carne morna, pegajosa. O hálito de esperma.

Amor: pesadelo é tudo o que vem antes e depois do sono.

PORNOGRAFIA PESSOAL DE UM
ILUSIONISTA FRACASSADO

De bode, pensando em putas. Navegava no salitre da madrugada da praia de Boa Viagem. Seguia a orientação do meio-fio: olhava a sarjeta pra não ser atropelado. *Entre outras coisas*. A borra amarga do café no fundo da xícara, o quartinho da área de serviço abarrotado de coisas inúteis — petardos são pequenos peidos esféricos que não chegam a acontecer, é disso que estou falando: da barriga inchada, da cólica dos petardos. Ou da orientação das sarjetas: dá na mesma. Pro navegador urbano, as estrelas não servem pra nada.

Acanhamento, cabeça baixa, luzes e curvas.

No ombro esquerdo, o mar: inutilidades a céu aberto, um truque barato como qualquer outro. Ao longe, vindo na minha direção, com um jeito displicente de quem chuta latinhas pela rua, a guriazinha morena.

Não devia ter mais de onze anos. Pernas um pouco finas, é verdade, mas a bundinha saltava aos olhos. Dunas gêmeas. Um oásis no meio. Os mamilos morenos de grandes auréolas, dois anjinhos caboclos.

Nenhuma testemunha: só eu, ela e a orla.

Brasil: meio milênio de promiscuidade inter-racial — o sincretismo do esperma! — pra gerar essa putinha que vagava pelas praias do descobrimento chupando picolé. A putinha de miniblusa vermelha. A bermuda amarela de náilon encardido. A renda vermelha da calcinha na transparência. Passou me olhando e, ao notar que eu também a olhava, lambeu acintosamente o picolé, desde a base até a curva sensual e rosada do cume.

Eu disse oi. Ela tirou o doce da boca, abriu um sorriso cheio de framboesa e sacanagem e respondeu baixinho:

— Um programinha, gato?

A madrugada inteira ferveu no rumor da maresia.

Combinamos o preço ("quinze real") e ela veio comigo. Lado a lado, em silêncio, rumo ao hotel. De vez em quando, me olhava e sorria.

— Como é teu nome? — perguntei.

— Janaína — o sotaque nordestino me lembrou o Bataclan da novela antiga. Apressei o passo. Só paramos uma vez pra ela lançar em direção ao mar (jeito de moleque) o pauzinho chupado do picolé.

No elevador já foi pegando no meu pau.

Sempre me olhando e sorrindo, com cara de quem estava fazendo arte. Delicadamente, tirei sua mão dali e entrelacei seus dedos nos meus. Assim, de mãos dadas, como se levasse minha filhinha pra escola. Ela se chegou e encostou a cabeça no meu braço.

Então senti pena. De nós dois.

A coisa sempre me aconteceu assim, pelos meandros e frestas. Quando menino, meu sonho era ser mágico, só pelo prazer de enganar os outros e ainda ser aplaudido por isso. Um buquê de taras e fragilidades escondido na manga. Virei bancário. Mas consegui adaptar alguns truques à realidade do banco: trabalho, normalmente, no caixa número 2.

O truque mais básico e canalha de todo ilusionista é chamar a atenção do público com a canhota e fazer a mágica com a destra. Ou vice-versa. Nas sombras. A mão mais rápida que o olho. No meu caso, não apenas a mão, mas também as trapaças e mediocridades necessárias pra se conseguir chegar à vida adulta com o mínimo de prejuízo. Eu mesmo, educado aos tabefes e ameaças e deseducado aos meandros, dizendo um "não, obrigado", quando o que eu mais desejava me era oferecido (depois ia lá e roubava).

Aprendi assim: com a destra se chama a atenção do respeitável público; com a canhota, se manipula redes de esgoto e fios de alta tensão. Intenções de assassinato ou suicídio, tanto faz.

No quarto, ela disse "Espera aqui", me puxou pela mão até uma poltrona e me obrigou a sentar. Ligou o rádio na cabeceira da cama e sintonizou uma música americana, cafona e melosa. Depois começou a rebolar, sensualmente, os quadris estreitos. De pé, em cima da cama.

Primeiro apareceram os peitinhos morenos. Depois ela começou a baixar a bermuda. De costas pra mim, curvando-se até embaixo sem dobrar os joelhos, como uma verdadeira profissional.

Só na hora de se livrar da última pecinha de renda — quando perdeu momentaneamente o equilíbrio — é que, por um segundo, voltou a ter onze anos de idade.

Nua, recostou-se na cama, abriu os gambitos e ficou me esperando, mexendo na bucetinha. Na cara, a mais pura e forçada expressão de lascívia.

Putas ganham pra fingir que não se importam. Algumas parecem *realmente* não se importar. O corpo das putas: cemitério de gozos moribundos, desejos cheios de pudor e medo que, como os elefantes, se escondem pra morrer em paz. Hábitos e histórias de putas: filhos indesejados e expulsões de casa. Cheirar a pica da gente antes de chupá-la. Estar dando um tempo nesta vida só pra arranjar uma grana e depois montar um salão de beleza, trepar comigo só porque "foi com a minha cara" ou porque "gosta de caras que têm alguma coisa diferente". De algumas vezes enrolar na mão o papel higiênico e, de cócoras, limpar PROFUNDAMENTE a porra do interior da buceta.

Considerar beijo na boca o máximo de intimidade que uma mulher pode ter com um homem.

Minha primeira puta. Não por coincidência, minha primeira mulher: seus quarenta anos sopesados num olhar baço e opaco, com jeito de quem já viu de tudo — de quem aprendeu, a duras penas, que bem no fundo de qualquer sonho, plano ou alegria, sempre haverá um cheiro forte, adocicado, de feto em decomposição. Um corpo firme (com exceção dos peitos) apesar da idade que aparentava.

Meus quinze anos. Diante daquele olhar, uma certeza: não existe homem que seja único. Principalmente diante da opacidade clínica do olhar de uma velha puta.

Depois de quase uma hora, pau duro, a busca angustiada por um gozo que nunca vinha.

— Tu bate muita punheta, querido? — perguntou, manipulando meu cacete com habilidade e distanciamento científico.

— De vez em quando.

— Sabe, bater muita punheta *corta a relação*.

Então gozei. Mais coriza que esperma, como sempre (a ejaculação asfixiada dos enforcados).

Depois, só putinhas jovens e bonitas. Que são como qualquer outra mulher jovem e bonita: acreditam que seus peitinhos duros hão de resistir pra sempre à força da gravidade, e, por conta disso, ostentam certa arrogância no andar, um ar de "deixa pra lá", como se fosse grande vantagem o poder de escolha sobre o homem que, por hora, arrolhará suas rebembelas. Keep Cooler, uísque batizado e cocaína. O quarto cheirando a incenso, sabonete vagabundo, toalhas ásperas, resíduos de papel higiênico enrolados no rodapé da buceta. O travo de cinismo na voz quando elas te chamam "bem" ou "querido".

Eu executo a mágica. Elas, as putas, sempre foram minhas assistentes prediletas.

— E aí, gato, cê não vem?

Levantei da poltrona. Sentei na borda da banheira e abri o registro. Água quente. Ela chegou por trás e enlaçou meu pescoço com um abraço desajeitado, quase uma gravata.

Tirei seu abraço da garganta e fiz com que ela se sentasse de frente pra mim. Tentei olhá-la nos olhos, enquanto acariciava seus cabelos ásperos, descoloridos. De olhos baixos, ficou de repente muito séria. Testei a temperatura da água e depois disse "Entra". Ela obedeceu.

Ficou encolhida lá dentro com os joelhos dobrados e as mãos apoiadas no fundo, como se estivesse preparada pra saltar ao menor sinal de perigo. Peguei o sabonete e comecei a esfregar-lhe as costas. O pescoço, a nuca. A parte de trás das orelhas. Os cabelos ásperos. Os pés, dedo por dedo. Minhas mãos tropeçavam em marcas, cicatrizes, ossos salientes. Evitava tocar nos mamilos e no meio das coxas.

O amor pelas mulheres: uma necessidade fodida de ser pego no colo. Antes falo grosso, dou porrada: "O cuzinho, hein, putinha? Vai ou não vai liberar este cuzinho, hein... cadela?!", assim fodo as mulheres que não dão por dinheiro. Chamar de *putinha* e *cuzinho* — o diminutivo disfarça (mão esquerda) as reais intenções de estupro, vingança e humilhação (o truque! o truque!).

Já as que dão por dinheiro costumo foder com força — elas odeiam que lhes enfiem os dedos — e uma boa dose de contorcionismo. A diferença é que faço tudo em silêncio.

Diante daquele corpinho em estado de miséria, decidi: chega de truques. A viagem prolongada, a nostalgia entalada na boca do estômago — a compaixão represada na parte mais inacessível da manga (o macho redentor). A mão na água morna produzia o barulho de remos. A luz escassa e o cheiro de sabonete de hotel também colaboravam com a intimidade do momento. Olhei pra menina cheio de ternura e derrota, como num pedido de ajuda — e descobri que ela me olhava com ódio... Se pudesse lacerar meu pescoço com as unhas, tenho certeza de que era isso mesmo o que ela faria.

Tirei as mãos do seu corpo e ficamos nos olhando. Ela com ódio. Eu, com um súbito sentimento de pânico. Ficamos assim por muito tempo. Até que, mais calmo, compreendi.

E dei toda razão pro ódio dela.

— Quer ir embora?

Ela fez que sim. Ficou de pé na banheira, pingando água. Parecia muito criança, embora nos olhos ainda persistissem restos de um ódio senil, encarquilhado. Peguei a toalha e me preparei pra secá-la. Num gesto violento, me arrancou o trapo das mãos.

Enquanto se vestia, tirei vinte reais da carteira. Pus na cômoda e fui olhar a rua pela janela. Ouvi a porta ser aberta e depois fechada com delicadeza. No banheiro, lavei o rosto e os pulsos. Quando voltei, o dinheiro não estava mais ali.

Da janela, vi a menina lá embaixo, saindo do hotel. Um carro parou. Ela se debruçou na janela do motorista por alguns instantes. Depois deu a volta, entrou e o automóvel sumiu em marcha lenta pela curva iluminada da orla.

Pietra

Como a aranha, sabe o ofício da trama. O artesanato da espera. A elegância do passo — e o sabor da carne do macho no desfecho da cópula.

Odeia o bandoneón de Piazzola, o *cante jondo*, os choros de Pixinguinha, os timbales cubanos, a voz rasgada do trompete de Armstrong. É linda, alegre (só goza com aquilo que ilude ou destrói), rasa e sinuosa como uma lâmina cega. Tem vinte e três anos: a saliva de mais de cem bocas fermentada nas papilas da língua.

Vejo. Ou imagino (pra mim tanto faz) ela passando na rua: óculos escuros. Sob eles, um olhar que apenas resvala na superfície das coisas. A alminha, fundida à pele, sonhando com passarelas e outdoors. Passos apressados: cara amarrada com a obscenidade ou o assovio. Mas os peitinhos — livres sob o tecido da blusa — fazem discretamente que sim.

Hálito de carne fresca, drops de anis, um profundo sentimento de orgulho pela pronúncia artificial e exata aprendida em seis anos consecutivos de cursos de inglês. A língua relando atrás dos dentes incisivos — *who the fuck you THINK you are?* —, viajou dois meses de carona pelos EUA. Cinco americanos acolhidos entre as coxas, seu maior sonho é casar de branco. O *homem certo*, a marcha fúnebre e a voz embargada na hora do "*I do*".

De vez em quando me liga tarde da noite e diz que tem medo. Simula fragilidades, ri das artimanhas infantis dos machinhos com quem "fica". Diz que sou seu *melhor amigo*. Eu silencio e escuto; às vezes deixo o telefone no viva-voz, leio ou faço outras coisas enquanto ela fala. Quando me pergunta o que eu acho disso ou daquilo, respondo sempre que sim. Não ofereço perigo. Nas raras vezes em que ela vem me visitar, tiro lá minhas casquinhas. Ela finge que não nota. Em qualquer circunstância, é constrangedor ser o *melhor amigo* de uma mulher. O que não me impede de conhecê-la "como a palma da minha pica".

Não é difícil: ela é sempre *igual* — de certo modo, muito mais *igual* que as outras. Chama isso de personalidade. Só muda um pouco sob efeito de drogas. O que não chega a ser exatamente uma vantagem.

Bêbada, se torna sentimental, nostálgica de antigas fodas. Sua voz, geralmente melosa e cheia de gírias, termina num guincho desafinado. Quando fuma maconha aceita tudo o que lhe colocarem entre as frestas do corpo. E a cocaína a transforma num demônio de olhar puteiro e lábios enfrutecidos, capaz de enlouquecer o próprio Diabo e todas as suas hordas. Sou seu conselheiro e confidente. Me conta (muita coisa fica a cargo da imaginação, do delírio) todos os seus segredos. Finge ignorar que só me interessam aqueles ligados ao uso e desuso dos seus orifícios ocultos.

Por exemplo: sexo anal, apenas quando está amando. Amor, só na base do estupro verbal ou dos metais preciosos. Demorou três namorados até aprender a engolir esperma. Seu esporte predileto: provocar homens acompanhados. Cada uma das suas amigas carrega um punhal escondido na bolsa. Quando sente algo inominado crescer na boca do estômago, coloca uma música bem alta e barulhenta e dança dança dança. Mal fala com a mãe. E o pai é seu tipo ideal de homem.

O resto são cremes, loções, odores de artifício, picaretagens esotéricas, malhação das sete às nove, Keep Cooler, energético com vodka e *techno music*. O tempo pra ela é límpido e sem atropelos. Pensa em fazer Direito. Passou no vestibular pra Psicologia. Sabe fazer as coisas darem certo pro seu lado: um sorriso, uma cruzada de pernas e, na voz, um timbre calculadamente enrouquecido e manhoso. No cóccix, uma tatuagem tribal.

Sem dúvida vai dar uma excelente dona de casa.

Quando a freada brusca. O muro se aproximando e vidros e metais ganindo sobre o corpo: o rosto em cheio contra o para-brisa. O namorado morto. Duas horas a perna direita entre ferragens.

Depois, o conserto de tudo.

Três pré-molares reimplantados, seis meses a tíbia trespassada por hastes e pinos. Uma leve marca no supercílio. Quase não se notam as cicatrizes na testa. Um ano depois, "pronta pra outra".

Nos conhecemos durante as sessões de fisioterapia. Ela se recuperando das fraturas e inchaços e eu já irrecuperavelmente paralisado da cintura pra baixo: um ás nas barras paralelas e nas evoluções com a cadeira de rodas (do terraço, jogava xadrez com meu vizinho).

Foi no corredor da clínica que ela me falou pela primeira vez do pesadelo. O mesmo, até hoje: tenta se olhar no espelho e não consegue ver seu rosto. Passa as mãos e ele está ali: nariz, olhos, boca, cabelos. Refletida no espelho, porém, apenas a parede de azulejos brancos e uma toalha encardida pendurada atrás da porta. Acorda suada, gritando. Remédios pra dormir. A constante preocupação com as olheiras.

Penso que se olhasse com atenção, bem no fundo doloroso do espelho, encontraria, entre as imperceptíveis cicatrizes, o princípio de algo muito parecido com uma mulher.

R$ 40,00, QUARTO INCLUSO

...na última tentativa, me desconcentrei: o olhar desfalcado do ursinho. O filho da puta do urso de braços abertos, a pelúcia encardida, a língua vermelha pendurada na ponta do focinho, um só olho brilhando no lado esquerdo da cara. Olhei por cima do ombro: uma gota de suor em cada poro — e dei com o bicho aos pés da cama. Primeiro uma chupada burocrática, de camisinha. Daí por diante, uma decepção atrás da outra: só no quarto fui descobrir que a puta (como o urso) não tinha cintura. Costas e bunda emendadas a coxas curtas e grossas, pés redondos, dedos esparramados, unhas rajadas de vermelho. Quarenta reais, quarto incluso: de bom tamanho, pensei, pra aliviar a culpa. Chegou no quarto e já foi tirando a roupa. Deitou-se e esperou com as pernas bem abertas. Virou o rosto quando deslizei no meio delas. O que me deixou puto: puxando a perrenga pelo queixo, forcei um beijo na boca. Lábios moles, dentes cerrados — a sensação de pisar num bagaço de pés descalços. A cara da Índia Potira (pra quem se lembra). Os peitos, infelizmente, de índia do mato mesmo. Cadenciava o ganha-pão com reboladas e gemidos falsos, displicentes, a professorinha do segundo ano primário cobrando tabuada ("seteveznove?"), e aquela porra daquele urso do caralho atrás de mim, de braços abertos, o único olho vidrado, espiando o buraco do meu cu, que forcejava na luta inglória. Num gesto brusco, ergui as pernas da mulher: um tornozelo em cada mão. Tentei realizar, entre a glande e a buceta, uma espécie de gambiarra, pra que meu cacete — àquelas alturas pra lá de meia-bomba — não fosse cuspido do buraco melado. Não tive sucesso. Ao subir a mão do pernil pro tornozelo, as unhas rasparam numa superfície áspera, granulosa, "Ai, meeerda!", gritou a mulher, completando a cambalhota que eu a tinha forçado a começar e caindo de joelhos, ao lado da cama. "Filho da puta!", rosnou. "Beleza", pensei: "Ódio". Finalmente um troço cem por cento verdadeiro. No chão, segurando a perna, ela me olhava de ventas abertas, uma expressão de carranca, cerzida entre os olhos. Minha razão de estar no mundo: fazer vir à tona a verdade escondida na alma dos homens, das mulheres, das putas e dos bichos de pelúcia. Na escuridão da zona, outra coisa me passara despercebida: uma ferida medonha na parte externa da panturrilha — o que completava a triste imagem de quarenta reais e a esperança de uma foda mais ou menos gratificante sumindo pelo ralo. "Olha o que tu fez!", ralhou, destapando a ferida. A casca se alternava entre o marrom e o rosa: no centro, uma gelatina branca, com bordas irregulares e escuras. Um globo ocular pisoteado. Voltou a segurar a batata da perna, gemeu e baixou a cabeça. Olhei pras minhas unhas: pedaços de ferida e sangue ressecado, pequenos fiapos de pelo. Olhado bem de perto, um cabaço recém deflorado deve ter esse aspecto, pensei. Nunca tinha descabaçado ninguém na porca da minha vida. Talvez por isso — e aproveitando que olhava na minha direção — agarrei-a pela garganta. Ela não me chamou mais de filho da puta. Devagar, a ergui até a cama. Abriu as pernas e montei. A mão em garra continuava no pescoço. Meus olhos arregalados e fixos nos olhos arregalados e fixos da mulher. Até que ela começou a bufar e tremer e percebi meu saco encharcado. Depois revirou os olhos e amoleceu inteira. Continuei metendo com força. Quando gozei, um troço peludo e leve me deslizou pela bunda: urso viado filho da puta. Caído no meu lombo, tinha me enfiado o bracinho peludo rego adentro, até roçar minhas bolas. Tirei a mão da garganta. A mulher ficou parada por um tempo, como se estivesse morta, e depois soltou, de uma só vez, todo o ar dos pulmões. Então me puxou pela nuca e enfiou a língua inteira na minha boca. Continuei ainda um tempo em cima dela, a barba de dois dias ralando seu pescoço, cara a cara com o lençol cheio de manchas suspeitas. O ursinho de pelúcia me acariciando as bolas, ela me apertava cada vez mais forte contra o seu corpo. Saí de cima e comecei a me vestir. A puta disse algo como vou me lavar e saiu. Fiquei sozinho no quarto. O bicho caolho, jogado na cama de barriga pra cima, pernas e braços abertos, parecia ter curtido a brincadeira. Então era isso: quarenta reais, quarto incluso, pra ser enrabado por um escroto dum bicho de pelúcia. Acendi um cigarro. Depois, aproximei o isqueiro da barriga do urso. Deixei o fogo se espalhar um pouco pelo lençol — no olhinho de vidro, um tremor rosado e alegre. Larguei os quarenta reais sobre a cômoda. Desci as escadas, fiz um aceno de cabeça pros cafetões e ganhei a rua, sem olhar pra trás.

48 Kg

Deixou de fazer programas pra distribuir panfletos da uis-queria. Ânsia de vômito só de sentir o cheiro da camisi-nha. Espermicidas. Lubrificantes. A vulva assada. Fodas à base de xilocaína. No final, só ia pro quarto bêbada ou cheirada.

"Louça de privada", foi assim que se definiu. Ela mesma, "a espermicida".

Comissão nas doses, alcoólatra aos dezessete anos. Na cidade natal, mexia com risoles e coxinhas. Há três gerações as mulheres da família trabalhando em bares, restaurantes, lan-chonetes. Era tudo o que sabia fazer: tinha aprendido com a avó. Foder aprendera com um vizinho vinte anos mais velho, "Mas *isto* qualquer guaipeca sabe", falou — o absoluto despre-zo que ela e as outras meninas sentiam pelos frequentadores da Casa.

Adorava dançar. Mesmo nua, na frente de estranhos. Balé até os onze, depois, ginástica olímpica. "Danço pro es-pelho. É melhor que droga", um tendão rompido, a morte do pai — e o mundo perdeu a nova Isadora.

Outro sonho: montar uma lanchonete só sua. Então, a história triste (toda putinha tem uma): estuprada por um polícia civil. "Passa a mão, aqui, ó" — o lado direito do rosto levemente mais fino. Uma cicatriz áspera, como a da varíola. "A barba dele me lixou desse lado. Carne viva, soco na cara e tudo. Mas ele não conseguiu me comer".

Ameaçada de morte, a fuga pra capital. Dois dias com fome. Até que ofereceram dinheiro pra transar. Tinha quinze anos na época. Com dezenove, já veterana.

"Agora faz assim", e empinou a bundinha rija.

Fui carinhoso. Deitada no meu peito, escutei atentamente sua história. Não tive nojo de chupá-la. "Sabe que você é um cara muito lindo?" No canto do olho, a lágrima suja de rímel. Também não a obriguei a me chupar. A ânsia, o gosto da camisinha. Medo de me passar alguma doença: "Já faz tempo que fiz o exame." O dinheiro curto, mal dava pro vício.

Desde que resolveu dar um tempo com os programas, só duzentos por mês — fora casa e comida. De vez em quando, um *strip*. Também uns arretos pela comissão nas doses.

Às vezes não dava pra escapar.

Falei que não me importava o contágio. E sugeri que doasse sangue — pra doador, o HIV de graça. Riu: "Só pode quem tem mais de cinquenta quilos."

Quanto pesava? "Quarenta e oito." Falei que pra sua altura estava bom.

"Agora, faz assim..." — de ladinho. A mão ajudando a encaixar na abertura. Sempre molhada. No intervalo das fodas, olhar distante e mandíbulas tensas, como se triturasse coisas com as gengivas do estômago. Coisas sólidas demais.

Depois da terceira trepada, me revelou seu nome completo (a entonação de quem declama um poema). Gabi era o de guerra. Por que Gabi? "Por causa da Marília *Gabi* Gabriela. Acho ela ó, supercabeça." A bucetinha raspada. Um pierrô tatuado no púbis. Um funcionário do tribunal de contas que prometeu tirá-la da vida. Foi ele quem sugeriu a tatuagem. Não tinha vergonha dela, da sua profissão. Quando um colega do namorado descobriu tudo, ela mesma decidiu terminar: "Pra proteger ele." Um texto de novela das oito. Dei força pra que procurasse o funcionário no dia seguinte, dava pra ver que não estava muito satisfeita com a vida que levava. Pensativa, me disse "talvez". O rosto nublado. Confessou a vontade de acabar com tudo.

"Agora assim. Só consigo gozar no papai e mamãe" — um gemido longo e enrouquecido quando gozava. Explicou: "Hoje é domingo: tô à paisana", e deu uma risada solta. A primeira, e única.

No final, escreveu seu telefone num papel de cigarro. Assinou: "Gabí" — assim mesmo, com acento. Entre parênteses, o nome verdadeiro. E dois corações.

Rasputinha's Bar

Em pleno sol de domingo, eu mesmo: a madrugada suja de esperma e a culpa em pessoa, de braços dados com outra bebedeira. Não vou dizer que o nome dela é Marcinha. Nem que seus olhos são grandes e esbugalhados: o Bichinho tinha um álbum de pirocas.

Ela fodia com os caras e depois os fotografava de pau duro, de baixo pra cima, em posição de sentido — o freio vermelho sob a cabeçorra bipartida, inchada pela perspectiva — e, lá em cima, dentro do queixo, um sorriso sacana, lotado de obturações prateadas.

Frequentava um lugar chamado "Rasputin's Bar", e fodia e chupava os quatro garçons mais o dono depois que o bar fechava. Daí o apelido: Bichinho Piroqueiro do Rasputinha's Bar.

Naquela noite, por má-vontade ou negligência dos garçons, o Bichinho Piroqueiro acabou pegando no meu pau: "Não passo nem uma noite sem dar a buceta", informou, lambendo os beiços. A coisa com ela é assim: pau é pau, cu é cu, e a buceta, um troço criado por Deus pra ser preenchido e esvaziado conforme o movimento das marés, os ponteiros do relógio, o pega-pra-capar que o sol e a lua travam entre si por trás do horizonte.

Adorava chupar pirocas.

Despejava o esperma na concha da mão e depois, de cócoras, num canto do quarto — um gatinho molhando a língua no pires improvisado.

Então, o beijo na boca...

Uma amiga já tinha me prevenido: esperma é uma iguaria a ser degustada enquanto ainda está quente. Provar a própria porra em boca alheia é algo estranho, impessoal, como se já fizesse parte da boca que o reteve — mais ou menos como ouvir, em boca alheia, um texto que tu escreveste há muito tempo, e te arrependeste de ter escrito.

O Bichinho tinha essa mania. O beijo frio, a consistência de um mingau gelado e insosso. Talvez por isso, a caminho de casa — eu e ela de braços dados —, meu estômago coalhasse o sol dentro dele a cada passo, a cada volta de esquina. Depois do boquete (muito competente, por sinal) e das fotos exibidas com orgulho no seu álbum de pirocas, ela insistiu em vir comigo. Não tive ânimo de dizer não.

— Cê não curtiu? — perguntou, ao ver minha cara contraída pelo sol e pelo pensamento concentrado na maneira mais fácil de mandar ela embora sem me incomodar.

Parei. Olhei pro Bichinho bem de perto. Seu rosto, um escombro de noites em claro, surubas, bebedeiras — dois filetes de tinta negra escorrendo pelos cantos das pálpebras.

Num giro completo, a calçada, o céu e o brilho do sol refletido nas vidraças duelaram entre si por um segundo e me acertaram em cheio no fígado e no meio dos olhos. Tonto, dobrei as pernas. Me apoiei como pude. E, no lugar do Bichinho (por que será, meu Deus?), vi o rosto de uma antiga namoradinha — um trocinho divino que, há muito tempo, eu tinha deflorado.

(Faço este comentário nem tanto pela façanha, mas pelo gozo de dizer — escrever — a palavra: *deflorare*, DEFLORAR, defloramento... Meu tio José quebrou a espinha na sétima vértebra ao escorregar nessas florezinhas roxas que se espalham pela calçada depois da chuva. Tio José triste, mãozinhas tortas, um dreno saindo por baixo do cobertor xadrez. Tio José *deflorado*... Pregado na impotência e no ódio, como um Cristo.)

De modo que olhando o Bichinho, e sentindo a língua resvalar no soalho esburacado da cachaça, foi pra essa namoradinha que comecei a dizer:

— Tua buceta tem o travo avinagrado do vinho ruim, meu amor. Do fio de cobre atravessado na boca, como um osso. Da camiseta suada, esquecida há vários dias num canto do quarto. Tua buceta é o oposto dos teus gestos metódicos, dos teus perfumes e cosméticos, da vidinha ordenada de menina estudiosa que escolheram pra ti, e que tu aceitaste sem reclamar. Quando te fodo, minha putinha, gosto de olhar bem no grão dos teus olhos, cada vez mais ausentes, estrábicos, fora das órbitas, pois é assim, numa asfixia lenta e dolorida, que tu gozas. Como se o resto do teu corpo tivesse que morrer pra que tua buceta possa, enfim, ressuscitar do limbo doméstico pra onde foi banida. Até que, num soluço arrastado e sofrido, tua alminha vem de novo à tona, e tua buceta morre... definha lentamente no ralo aconchegante e escuro dela mesma, até secar. Por tudo isto, minha putinh...

De repente, olhei pra baixo — e o Bichinho me olhava com os olhos ainda mais esbugalhados do que de costume.

Sol da manhã e porre: duas coisas que definitivamente não combinam.

Minha namoradinha, que alternava a alma e a buceta em turnos mesquinhamente divididos, era linda, linda, e eu a descabacei, a "abri pra vida"... O que deve equivaler a um ferro em brasa com as iniciais do meu nome gravado nas paredes internas do seu corpo, cada vez que arretadas por uma verga competente (quero acreditar que seja assim).

A curva negativa em que a vida se resume depois dos trinta: quase dez anos depois, por absoluta e inconfessada carência, aqui estava eu, chegando em casa com esse embrulho: a coqueteleira de esperma dos garçons do Rasputinha's Bar.

Abri a porta e seguimos, atracados, em direção à cama. Chupadora de mão cheia, essa Marcinha!

Mas meu pensamento estava longe. Bem no cerne, na carnadura dos mistérios pouco a pouco desvendados, cujas entranhas — num jogo delicioso de permissões e negativas mais ou menos ensaiadas durante as masturbações noturnas — bem devagar vão se abrindo, até acabarem se moldando às violências e taras impingidas pelo suposto agressor.

Minha namoradinha linda, linda no seu uniforme do oitavo ano primário do tradicionalíssimo Colégio Sagrado Coração de Jesus... É da *verdadeira* Educação que estou falando: das ameaças veladas, das doses homeopáticas de cianureto, da imposição premeditada e canalha de uma vontade superior que é vendida — no atacado e no varejo, desde que o mundo é mundo — como se fosse algo imprescindível à sobrevivência e à felicidade futura do freguês.

As Irmãs Salesianas (e religiosas em geral) são peritas em coisas do tipo. Sabem dosar, do jeito exato, a divina candura de olhares e gestos com a filhadaputice oculta nas palavras, conseguindo, no final do processo, que uma coisa se descole da outra — a carne das abstrações perigosas, secretadas pelo pensamento e o instinto —, sobrando apenas o medo, a culpa e uma autoconfiança mequetrefe, que só se sustenta quando filtrada pelo corpo supliciado do Grande Morto (o sangue de Jesus deitado pela boca em nódulos viciados, inconsistentes) — tudo dirigido de forma irracional, compulsiva, obedecendo piamente às normas de segurança transmitidas por séculos e séculos de como devem ser instalados, na parte mais frágil do corpo e da palavra, o *verdadeiro* medo e a *verdadeira* culpa.

Me utilizando de pedagogia quase idêntica à do Sagrado Coração, minha tarefa se resumiu em trabalhar no sentido oposto: e logo era a minha normalista quem me procurava, com gana e impaciência, pela garganta escancarada da braguilha.

— Eu acho que se você não tava a fim, não devia ter me trazido até aqui — o Bichinho sentado na cama, irritado. Tinha me esquecido dele.

Olhei bem no fundo dos seus olhos:

— Tu sabe que eu não sinto o menor tesão por ti, não sabe? Aliás, tu até me dá um certo nojo... Olha, vamos combinar uma coisa: deita aí, fecha o bebedor de lavagem e tenta dormir, tá certo? Se não quiser que eu te arrebente o focinho, te arraste até o banheiro e te tranque lá.

Como uma cadelinha obediente ("Se é assim que cê quer..."), Marcinha deslizou pra baixo das cobertas, virou de lado e dormiu com a bunda colada à minha coxa. Ainda deu uma reboladinha pra encaixar melhor.

Filha duma puta — pensei.

Coloquei a mão no seu quadril e ela não se mexeu. Logo estava roncando de boca aberta. O regaço quente, molhado, me envolvendo a parte externa da coxa... No centro (o lugar mais aquecido!) a buceta macia, os pentelhos escanhoados, o períneo — as pregas do gambazinho como um caroço chupado de pêssego.

De pau duro, sacudi o Bichinho:

— Ô!

— Caralho!... O que é que tu quer, hein? Não me mandou dormir?

— Em que colégio tu estudou?

— Saco!

— Responde, porra! Em que colégio?

— No Coração.

— No Sagrado Coração de Jesus?

— É.

— Eu sabia! Colégios particulares, universidades privadas, cursinhos pré-vestibulares... Tudo um grande biodigestor funcionando ao contrário!... A gurizada entra por uma ponta cheia de gás e sai pela outra virada nuns merdas — acabei de falar, pulei sobre ela e comecei a lambê-la. Os mondongos da boca, os peitos, a barriga, as virilhas, o grelo, o buraco melado do cu.

Virei-a de bunda pra cima e meti, comprimindo sua cara contra o travesseiro.

Além de desarticular a buceta da alma do primeiro amor da minha vida, as freiras do Sagrado Coração agora devolviam meu passado digerido, requentado, colhido na boca-de-lobo dos botecos, das madrugadas em claro — desse inferno portátil que insistem em chamar de memória, consciência, vida adulta ou coisa que os valha.

— Fodam-se as freiras! Que todas elas estejam espetadas pela xota, assando em fogo brando no último degrau da churrasqueira do inferno! — gritei, sentindo a porra esguichar. Depois dormimos abraçados, eu e ela, sorvendo na respiração um do outro pequenas doses de conhaque vagabundo.

* * *

A cerimônia realizou-se na capela do Sagrado Coração de Jesus. Dois garçons do Rasputin's serviram de padrinhos. Levaram os filhos e as respectivas senhoras.

O dono do boteco insistiu para que a recepção transcorresse no seu estabelecimento.

Fiz um longo e emocionado discurso relembrando alguns momentos fundamentais da minha existência e da biografia da minha — agora e até que morte nos separe — digníssima esposa.

Ninguém prestou atenção.

Imolação: uma história de Amor

pra Fernandinha

— Os homens são todos uns escrotos! — ela disse, com a raiva mal dissimulada das mulheres recém-descornadas.

Tratei de mudar de assunto. Disse que tinha visto uma tatuagem na sua barriga — a fresta entre a miniblusa e a calça de cintura baixa —, numa das vezes que ela havia passado por aqui. Pedi que mostrasse.

Ergueu a blusa e puxou um pouco pra baixo a cintura da calça: um coração roxo, inchado, traspassado por uma espada, na qual se enredava algo parecido com uma roseira grossa e sem flor. A espada torta, fálica, pingando sangue, partia da bacia e apontava em direção ao púbis. Vi também uma argola de metal. Tinha uma argola presa na pele do umbigo.

— Gostei — menti. — E os piercings? Tem mais algum?

Ergueu a ponta da língua em direção ao palato e mostrou o orifício lacerado do piercing.

Dezessete anos, cabelos tingidos de vermelho cortados à altura do pescoço e a pele (carne de vitela) muito, muito branca. Uma agilidade de corpo delgado que só veste preto — miniblusas, casacos largos, calças justas — e uns olhos de fruta verde, que amadurecem ou quase perdem a cor conforme a umidade do dia.

Tenho mais de trinta. E um inchaço ascendente nas palavras e gestos, que reverbera pelo resto do corpo. Quero dizer cerveja, vagabundagem e estrias nos braços a partir dos sovacos. Ela passa quase todos os finais de tarde em frente a esse bar onde bebo todos os finais de tarde. Tem uma joia pálida espetada na narina esquerda e faz o gênero "desencanada afetiva" — o que significa longos abraços em conhecidos e amigos, boa parceria em coisas de copo e de cama e, quando bebe demais ou se droga, dá uma de sentimental ou "louquinha", apronta, dá vexames, fica realmente difícil de aturar.

Talvez por isso, pra não sair da personagem, um dia aterrissou na minha mesa (cotovelos firmes e peitinhos soltos, arrogantes):

— Me responde uma coisa: por que você me olha *tanto*, toda vez que eu passo por aqui?

Escondi o susto atrás de um gole de chope e falei que não era por nada: só estava *completamente* apaixonado por ela. A cadelinha riu. Disse que eu parecia ser um cara legal. E perguntou se não podia tomar uns goles comigo.

Um final de tarde cinza, abafado, com jeito de suor estagnado entre os cabelos. Falou que seu nome era Alessandra, mas que todos a chamavam de "Aléxia". Adorava falar de si mesma. Disse que odiava a mãe e que fazia *vocais* (lembrei do filme "Garganta Profunda") numa banda de punk-acid-reggae. Que *trampava* numa videolocadora pra não depender *dos velhos*. Do saco que era frequentar cursinho quando ainda não sabia direito o que esperava da vida.

Quanto mais enchia a cara, mais Aléxia abusava de expressões como *tá ligado*, *cara* e *tipo assim*. Eu concordava com tudo.

Começou a falar com orgulho dos buracos artificiais que tinha espalhados pelo corpo. Me mostrava os lugares à medida que ia falando: uma argola no umbigo; outra no supercílio direito; um falso brilhante na narina esquerda. Seis buracos em cada orelha, onde, agora, via-se um brinco de haste grossa, atravessado no lóbulo. Na ponta do brinco, Mickey Mouse sorria pra mim. Disse que só usava todos os piercings quando saía pra balada, nos finais de semana.

— Me compra uma carteira de cigarros?

O garçom trouxe. Ela deu uma tragada, expeliu a fumaça pelas narinas e disse, fingindo olhar a brasa:

— Tenho mais quatro argolas. Uma em cada bico do seio — me encarou (seus olhos adquiriram uma tonalidade verde-cafajeste) — e mais duas nos lábios. Nos *pequenos lábios*.

Fui obrigado a informar, com voz neutra:

— Acabaste de me deixar de pau duro.

Ela riu. Segurei sua coxa por baixo da mesa. Dezessete anos, um piercing em cada mamilo e outro nos mimosos lábios — nos Lábios! — da bucetinha.

Tirou minha mão da coxa:

— Aqui não. Minha casa é perto. Se os velhos passarem por aqui, vai dar merda. Eu já devia estar no cursinho. Conhece outro lugar pra gente ir?

Sugeri o escritório de um amigo. Ficava a umas duas quadras do bar e eu tinha a chave. Ela ficou de pé e disse: — Vam'bora.

Mantendo distância um do outro (de vez em quando nossas mãos se tocavam), passávamos por casas antigas, com portas à beira da calçada. Não me aguentando, a encostei num muro. Com a ponta da língua, procurava o buraco do piercing. A mão firme massageando a bundinha macia. No espelho do elevador — línguas brincando de rolar sobre a escadaria dos dentes —, eu, sátiro enorme e peludo perto dela. Abri com dificuldade a porta da sala. Ela enfiava a língua nas minhas orelhas. Caímos no tapete abrindo botões, zíperes, laços de coturno. De quatro, ela quis fugir. Agarrei-a pelas coxas e o jeans deslizou pelas pernas, ao mesmo tempo em que ela se virava de frente pra mim: no fundo do mar, um golfinho.

Apoiada nos cotovelos, pernas e lábios entreabertos, ficou me olhando, com língua e a bucetinha espiando na fresta.

Tirei a camisa. Entrei de corpo inteiro pelo meio das suas coxas. Ao tirar a blusa, estavam lá: na rosa de cada mamilo um botão metálico, preso a uma argola. Mamilos inchados. Mordi alternadamente as duas argolas de aço: puxões, movimentos circulares. Tirei as calças junto com as cuecas.

Nus.

Ela segurou meu pau e exclamou, redundante:

— Caralho!

O mesmo tipo de inchaço na palavra, na barriga e no cacete. (O melhor anabolizante pra essas coisas são sapos engolidos, a vontade de ser invisível quando criança e uma brutal vergonha da solidão.)

Trabalharam as línguas. Raspou os dentes na minha rola. Depois empinou o rabinho e disse: — Vem. Uma certa dificuldade ao botar a camisinha. Meus quadris batendo contra a carne da sua bunda com uma ternura equina. Ela gemia e dava gritinhos, com voz de criança. Agarrei firme uma banda em cada mão e abri. Ela encostou o peito no chão, empinando mais a bunda: cuzinho rosado, como os mamilos.

No sofá, sentado. Ela de pé, de costas pra mim: jogo de argolas, quermesse — festa do Divino Espírito Santo. Encaixou a cabeça do pau no orifício apertado e foi descendo, as mãos apoiadas nos meus joelhos. Sua bunda, acometida de tremores involuntários, engoliu meu cacete anel por anel. No ápice das escadarias da Penha — joelhos em estado de miséria —, a camisinha estourou. Fui com tudo, aos trancos, como sempre. O pau escorregou lá de dentro. Ela me olhava por cima do ombro, a boca entreaberta, o queixo apoiado na saboneteira. Seu cuzinho piscou duas vezes e devolveu minha porra: sorvete de baunilha com flocos.

Os piercings nos lábios eram mentira.

Sem que perguntasse, falei de mim. Ela, deitada no meu braço, pensava em outras coisas. Eu estava feliz, falando pelos cotovelos. Quando ela murmurou:

— Ainda amo meu ex.

— Hã?

— Aquele escroto filhodaputa...

Não achei o que dizer. Alexia falou por mim:

— Quero que me foda de novo — ordenou, quase em tom militar.

De joelhos, usou a boca e as mãos. Fechei os olhos: a boca e a língua alternavam superfícies que iam da pedra ao limo. Duro outra vez.

— E se eu espetasse teu pau com isto aqui?

— Hein? — eu disse, abrindo os olhos. Ela tinha na mão uma haste de metal longa, fina, pontiaguda: na outra extremidade, a cara sorridente do Mickey.

— Assim, ó... — passava a ponta daquele negócio ao longo do meu cacete, arranhando de leve. — Podia atravessar teu pau com isto aqui, não podia? — com a outra mão, segurava firme o dito cujo.

— Querida, não inventa...

Pareceu não ouvir. Lambia minhas bolas, visivelmente fascinada com a nova brincadeira. Espetou de leve a glande com a ponta da agulha: todos os músculos do corpo contraídos ao mesmo tempo.

— Teu pau é meu refém — ela disse. Depois lambeu minha coxa e me encarou.

Uma mulher não precisa de muita coisa pra fazer o que quiser de um cara que, como eu, tem a cabeça entupida de pensamentos imundos. Só precisa entreabrir as frestas do corpo da maneira certa e pronto: é só buscar a coleira.

Ela tinha *dezessete* anos. Eu, mais de trinta.

Quero dizer que, naquele momento, poderia transformar meu cacete num boneco de vodu que eu estava pouco me lixando.

Por enquanto, em movimentos circulares, se limitava a passar a agulha em torno da cabeça, lentamente. Na voz, o tom que decerto usava pra brincar de bonecas.

— Você me fodeu... Não era isso que você queria? — Fiz que sim. — Meteu esse pauzão no meu cu, não meteu? — Concordei novamente. — Bom, pra você fazer isso de novo, só se eu foder você primeiro — e começou a introduzir a agulha pelo buraco da uretra.

Seus olhos, pela dilatação das pupilas, chegavam às raias da podridão.

Me agarrei no sofá. O pau milagrosamente ainda meio duro. A haste de metal sumindo aos poucos pelo canal da uretra. Pequenas pontadas pipocando também por outras partes do corpo. Ela enfiou tudo, até o cabo. O Mickey continuava sorrindo pra mim, só que agora da ponta do meu caralho. Uma gota de sangue brotou por trás das orelhinhas redondas e escorreu pelos lados da glande.

Num movimento rápido, vigoroso, ela sacou lá de dentro o negócio pontudo e se pôs —estalos, gargarejos — a chupar e a lamber meu cacete, que agora murchava feito um balão furado. Várias agulhinhas geladas me escorriam por dentro da espinha.

De repente gritou, olhando o relógio: "Puta merda!"

E, recolocando o brinco ao mesmo tempo em que catava as roupas do chão:

— Vam'bora! Já tá quase na hora em que eu volto do cursinho!

Como um amante pego no flagra, comecei a procurar minhas roupas.

Não nos falamos no elevador. Na portaria do prédio me ofereci pra levar ela em casa. Ela disse que não.

— Tem telefone? — perguntei.

— Tenho. Mas é melhor você não saber. Olha, a gente se vê. Tchau! — e sumiu pela curva da esquina.

Nas primeiras vezes que passou por aqui, tive que desmanchar o sorriso canalha e recolher a mão no meio do aceno. É como se nunca tivéssemos nos falado. Ela continua a passar por aqui quase todos os dias, às vezes misturada a um bando barulhento de cabelos coloridos — meninos e meninas — roupas negras, correntes, arreios e bucais.

Os olhos dela abandonados diante deste bar, numa cesta de vime. Olhos muito verdes, colhidos antes do tempo.

Depois que ela passa, pago a conta e sumo pelo braço mais longo da Encruzilhada dos Puteiros. Até à tarde seguinte.

Não sei se vou ter coragem de contar sobre o resultado do exame.

Por tabela

I.

Não foi porque estava chovendo. Nem porque, o dia inteiro, tinha ficado à espera de um telefonema que não aconteceu. Talvez por um velho mau hábito. Ou pela pornografia trivial e nostálgica — meus presságios masturbatórios sempre me obrigando a trocar os pés pelas mãos — da sua figura parada na esquina: um anúncio luminoso, estrategicamente montado pra que solidões como a minha diminuíssem a velocidade e procurassem seu rosto na penumbra.

Dei a volta no quarteirão pra passar bem rente e ganhar o costumeiro aceno de cabeça, o sorriso ensaiado, as pernas nuas, arrepiadas de frio, a tarja negra da minissaia na parte mais alta das coxas.

Bons dentes. O excesso de maquiagem tentando disfarçar a óbvia adolescência. Botas de solado grosso, até os joelhos — o ziguezague dos cordões antecipando a emboscada, o tropeço. Na voz, um certo tremor (premeditado?) ao pronunciar a quantia.

II.

Pezinhos no painel e cadarços preguiçosamente desfeitos. A calcinha afastada e a ausência de pelos. Minha língua de baixo pra cima, a partir dos tornozelos. A náusea do couro curtido: um grosso filete de chuva cingindo o para-brisa, de ponta a ponta. Na curva mal depilada das virilhas, um travo áspero, avinagrado.

De olhos abertos, no contraponto da chuva, ela suspirava, simulava uns gritinhos agudos. Vez por outra, balbuciava um "Ai, bebê!..", cheio de lassidão e cinismo. Eu chafurdava. Mantinha suas coxas abertas de modo que os pés, apoiados nos meus ombros, se mantivessem ao alcance da boca: numa espécie de sinal da cruz espaçado, invertido, distribuía a atenção entre os mamilos, o ventre e os pezinhos nervosos. Focinho enterrado, o esforço de prender entre a língua e os dentes a pequena e esquiva alcachofra.

Até que a mudança de gosto e a umidade excessiva acusaram o limite da encenação.

Tentou empurrar minha cabeça dali. Um pulso em cada mão, continuei firme, o arrependimento já começando a me escorrer pelo queixo, um telefone que toca, insistente, no apartamento vazio — e a urgência em cicatrizar com saliva a ferida que eu tanto me esforçara pra abrir.

Seu corpo começou a tremer a partir dos quadris. A ponta da língua, um instrumento cirúrgico: ela soltou um gemido longo, arrastado, que poderia ser de dor. Agarrou meus cabelos com força, coxas e joelhos expulsando meu rosto — a saia puxada de volta, num safanão. Olhar perdido, procurava a segurança das ruas pelo vidro embaçado (na esquina, o vulto de boné, talvez à espera.)

Sem olhar pra mim perguntou se eu não queria gozar. Um boquetinho medíocre: mandei que ficasse de quatro e abrisse a bunda.

Costas apoiadas na porta e o rosto dela encostado na outra, iniciei o furioso trabalho braçal, inspirado por seus tornozelos em x e pela exclamação invertida dos orifícios abertos: a serpentina jorrou, finalmente, em três prestações generosas. Ela soltou um "ai meu Deus" aborrecido, ao sentir as costas pontilhadas do primeiro mormaço. Enfiei o rosto *ali*, bem no meio; ela deixou que me lambuzasse à vontade. Quando terminei, procurou na bolsa um rolo de papel higiênico e pediu pra eu "consertar a lambança".

No retrovisor, o passo malandro.

Um breve aceno de cabeça e o próximo otário — quantos antes, meu Deus? — diminuindo a velocidade e se preparando pra servir de coadjuvante no picadeiro mais antigo do mundo.

III.

Ao chegar em casa ela estava lá. Ao lado da cama, a mochila: um animal estripado.

Dormia um sono difícil e, quando se virou, percebi o hematoma. Rosto inchado, ainda com gosto de sal. Sem coragem de abrir os olhos, apertou-me com força, engrolando trechos requentados do texto que, muito a contragosto, eu sabia de cor.

Da janela, vi o dia abrir com descaso seus olhos de cego. Pálpebras úmidas. No lugar das pupilas, esferas de um leite turvo, encardido. Cigarro entre os dedos e copo de uísque na mão — a urgência da assepsia.

Quando procurou minha boca, cedi o beijo pensando em outro gosto: se na contabilidade do escambo o lucro é impossível, o remédio é se contentar com a trapaça.

Na quarta dose, resolvi capitular.

LA BOUCHE

Estava chegando do trabalho quando a vi num canto, perto da entrada do edifício, enrolada nuns trapos desbotados. Uma pontada de medo: pensei em assaltos, latrocínios, algum mendigo pirado a fim de beber o sangue das pessoas de bem.

Quando cheguei mais perto, a criatura ergueu a cabeça: olhinhos azulados, selvagens sob as pálpebras murchas. Pela borda do cobertor, apareceram as pontas de uns dedinhos finos, sujos, retorcidos, como raízes de mangue. Me aproximei com cuidado. De orelhas em pé, ela continuou ali, atenta; nos olhos, medo, ferocidade contida... Um roedor acuado.

Um vento morno fez girar folhas e lixo, trazendo um cheiro empoeirado de chuva sobre calçadas distantes. Me agachei junto à velha. Num pulo desajeitado, de corpo inteiro, ela me deu as costas. Tapou a cabeça e se encolheu contra a parede.

Perguntei se ela não queria subir.

Não respondeu. Convidei novamente, dizendo que ela não corria perigo. Continuou de costas e, sem se mexer, soltou pelas ventas um suspiro irritado.

Então desisti.

De repente, um clarão, e uma trovoada que deve ter estremecido todas as vidraças num raio de cinquenta quilômetros. Eu já estava abrindo a porta quando ouvi o barulho premeditado de sacos plásticos remexidos.

Esperei um pouco e entrei no prédio. Num passinho corcunda, a velha veio atrás de mim. Tranquei a porta e a chuva desabou, violenta, numa única golfada de água e granizo.

Meu apartamento fica no segundo andar de um prédio antigo, sem elevador. Subimos em silêncio os dois lances de escada. Ela hesitou diante da porta aberta como um vira-lata experiente em levar pedradas. Afastei o corpo e ela entrou.

Seguimos em direção ao quarto. A velha estancou de novo: parecia ter trauma de portas abertas. Eu disse que podia se acomodar onde quisesse, menos na cama. Sem dizer nada, ela escolheu um canto, construiu uma espécie de ninho e logo estava enrolada em seus trapos.

Tirei o casaco. Acendi a luz direta, sentei na frente do computador e comecei a trabalhar, uns relatórios a serem entregues na manhã seguinte. A velha fingia olhar pro teto.

Sabia que, com o canto dos olhos, ela acompanhava todos os meus movimentos. Continuei trabalhando, absorvido por gráficos e planilhas. Não demorou muito pra ouvir seus roncos.

Devo ter ficado uma ou duas horas batucando no teclado, num estado de quase sonambulismo. Lá pela uma da manhã, tive fome. Pus uma lasanha no micro-ondas e comi com vontade. Então pensei que a velha também devia estar com fome, e decidi levar o resto pra ela.

A primeira coisa que vi foram seus olhos: dois cacos de garrafa sujos de terra brilhando pela borda do cobertor. Já tinha farejado o queijo derretido. Estendi a fôrma com os restos. Ela se sentou, tirou uma colher do meio dos sacos e se atracou com a comida. Quando terminou, limpou a fôrma com lambidas aristocráticas até as últimas manchas de molho.

Abri a gaveta e tirei de lá uma garrafa de uísque e dois copos. Os olhos-de-rapina voltaram a brilhar. Chegou mesmo a abrir um sorriso de gengivas manchadas. Pus o copo dela no chão. Agradecida, encheu as bochechas e depois jogou a cabeça pra trás, fazendo com que o álcool deslizasse pela garganta. Repetiu a operação até esvaziar o copo.

Tornei a enchê-lo. No final, uma linguinha rosada surgiu entre as pregas dos lábios, lambendo as últimas gotinhas no buço grisalho.

Depois de limpar a garganta, fechou os olhos e começou a engrolar uma espécie de murmúrio, um som desafinado e rouco, como se sua voz estivesse por anos e anos guardada dentro de um livro ou numa caixa de papelão. A melodia foi crescendo e a voz da mendiga ganhando um timbre nasalado, suave, como se a música saísse de sua boca em espirais de fumaça. Uma canção antiga, cheia de lassidão e nostalgia (semanas mais tarde, depois de muita pesquisa, consegui descobrir o nome: "*Sous le ciel de Paris*") — ao fundo, o barulho da chuva.

Não precisava entender francês pra saber que a maior parte da letra era inventada. Mas a velhinha sabia enrolar muito bem. Terminou de cantar no mesmo *vibrato* grave e desafinado, e foi baixando lentamente a cabeça, até deitá-la no travesseiro. Virou-se para a parede — e logo começou a ressonar com uns barulhinhos asmáticos.

Fiquei ainda um tempo na mesma posição, escutando seu ronco de gato e o silêncio da madrugada ser ferido pelas últimas gotas de chuva. Depois, girando a cadeira, me curvei sobre o teclado e trabalhei mais uma ou duas horas. Quando terminei, já passava das quatro. Não valia a pena dormir. Tinha uma reunião marcada para as sete e meia. Bebi mais um trago, apaguei as luzes e me deitei de roupa e tudo na cama feita.

Quando fui sacudi-la, a velha não acordou.

Tomei um banho, troquei de roupa e saí pro trabalho. Voltei pra casa tarde. Um *happy hour* por ocasião do aniversário de um colega. Festa animada.

Ao chegar, a primeira coisa que fiz foi enrolar o corpo nas próprias cobertas e carregá-lo pra fora. Evitei olhar seu rosto — um calafrio só de pensar nos dedinhos de ratazana. Larguei-a no mesmo lugar onde a havia encontrado. Era tão leve que as cobertas pareciam estar vazias.

Sobre a alma ou coisa parecida

— Você deixou comida pro Bob? — perguntou o gordinho.

— Deixei sim, amor. As crianças ficaram com a Glorinha. Está tudo sob controle — respondeu a mulher. No *Ylang-Ylang Motel*, eles entraram. Eu estava meio bêbado, meio nervoso entre a putinha e a crente. O gordo pediu uma suíte. Entramos na garagem, saímos do carro e a porta de lona foi fechada.

Segundo domingo de maio. Do boteco, vi uma morena magra e bem vestida, um gordo e uma crente saírem do Puteiro Azul. Saíram de lá com uma puta loirinha, peituda, a mais bonita da zona. Tinham ficado lá dentro uns bons vinte minutos. Desceram a rua e entraram num carro que parecia uma espaçonave. Fui até lá conferir.

Segurei a porta com o quadril e coloquei o braço sobre o teto. Disse que estavam faltando um ou dois homens naquele esquema. Todos se olharam. Daí a crente, saia preta até as canelas, a cara enrugada e sem maquiagem, olhar azul de beata, disse "Vem, pode vir". No caminho, tentei puxar assunto, "Está chovendo fino, assim não vai parar tão cedo", mas eles continuaram sérios, olhando em silêncio a avenida embaçada e úmida que se estendia além do para-brisa.

A morena com a mão na coxa do gordo. A velha, olhos fechados e cabeça baixa, parecia em transe. A putinha olhava pela janela, distraída, com cara de quem estava pouco se lixando. Nos outros carros, pais & filhos entediados, voltando do shopping.

Um verdadeiro carro de família, o nosso.

O quarto tinha o ar pesado de sabonetes impossíveis, trepadas cheias de angústia. "E então?", disse a putinha. A esposa do gordo ligou o rádio na cabeceira da cama e começou a dançar. O gordo foi para um canto e tirou o pau pra fora. Meti os dedos no vão entre as pernas da puta. A crente se ajoelhou no outro canto e puxou um rosário do decote.

Tirei os peitos da blusa preta e justa da putinha e comecei a chupá-los. A crente, voz embargada, começou a entoar um Padre-Nosso. Puxei a putinha pra cama. As peças de roupa foram saindo do seu corpo enroladas feito serpentes. Pelados, eu e a putinha. "Senta na minha cara", ordenei. Ela obedeceu. A reza da crente se misturou ao bate-estaca que vinha do rádio. A putinha, sem sair do ritmo, esfregava o pano-de-chão da buceta na minha boca, do queixo até o nariz. Quando senti um mormaço envolver meu cacete, levantei o rabo da puta e olhei por baixo. Cheia de fome, a esposa do gordo tinha caído de boca.

Virei um pouco a cabeça. O gordo, no seu canto, bufava e gemia de olhos esbugalhados, numa punheta furiosa. A crente, no outro canto, rezava de olhos fechados, primeiro baixinho, depois aos berros. Sons, nacos de carne e cheiros que eu já não conseguia distinguir de onde vinham. A cerveja batia por dentro da minha cabeça como marolas num barco ancorado. Senti a carne dura de uma coxa me raspar as costelas. Depois meu pau deslizar num buraco áspero e apertado.

Um grito, quase um uivo.

A putinha parou com os gemidos e rebolados e olhou pra trás, as mãos apoiadas no espelho da cabeceira. Olhei por baixo da buceta dela: a esposa do gordo, acocorada, com as mãos nos joelhos, estava de cavalinho na minha piroca. A cor de melancia da sua buceta, inchada e aberta, subia e descia na perspectiva dos meus pentelhos.

Eu estava dentro do cu da esposa daquele gordo corno e punheteiro.

A putinha voltou a esfregar a buceta na minha cara com força, quase com raiva — um gosto de sovaco, carne crua, prego enferrujado. O cu foi se acomodando no meu cacete, pra cima e pra baixo. No outro canto, a voz grossa da mulher ajoelhada berrava um Credo, marcado pela percussão tecnopop dos suspiros e da carne batendo na carne. Pelo rosário e pelo Credo, tive dúvidas se a velha era crente (fui seminarista, sei a diferença). O gordinho batia punheta e acreditava: "Eu creio! Eu Creio!" Choc-choc-choc, fazia a punheta, num movimento inverso ao da rotação da terra. Sua esposa deu um berro e sacou meu pau do cu. Soltei um grito e um palavrão quando a loirinha, num salto, o engoliu com a buceta.

Ao sentir o calor do seu corpo de puta, minha porra, aos trancos, esguichou três vezes, em homenagem às três negações do primeiro Sumo Pontífice. Tive que segurar nas bochechas parte do que tinha no estômago que, aproveitando a oportunidade, ia saindo boca afora.

Porra, merda, cuspe, coquetel de xibiu. Adão foi feito do barro. Eva da costela de Adão. No seminário, além do adestramento constante de dar para receber, me ensinaram que humano quer dizer *aquele que veio do húmus*. Ou do barro, da merda e da porra colhidas na fonte, e depois misturadas em chocadeiras escusas. Humano quer dizer *Deus aos berros numa cama de motel*. A crente era um arco de fé no chão do quarto — chorava, aos trancos (como meu gozo), e seu corpo parecia se acomodar ao sofrimento a cada soluço.

O gordinho, que também tinha acabado de gozar, correu até ela e, sem guardar o pau, gritava "Mamãe, Mamãe!", enquanto juntava a velha do chão. A esposa do gordo estava encolhida, encostada na guarda da cama, as costas contra o espelho. A putinha continuava a cavalgar meu cacete, ainda meio duro. Eu segurava os cabelos dela como se fossem o último tufo de grama que me separava do abismo. Ela, coluna em arco, cabeça encostada nas costas e olhos fechados em direção ao céu, respondia com um grito cada cutilada profunda.

O gordo, abraçado à mãe, nos olhava cheio de porra nas mãos e lágrimas nas pestanas.

A esposa do gordo alisava as costas da putinha e murmurava "Agora chega, agora chega".

Meu pau amoleceu de vez e escapuliu do buraco: um trapo molhado.

Todos vestidos.

O gordo, a esposa e a mãe abraçados numa espécie de bolo. Pareciam estar chorando ou segurando o choro. Diziam entre si coisas que não cheguei a ouvir direito, falavam em alma ou coisa parecida. Redenção, "carne da minha carne". A putinha fumava um cigarro e olhava a cena como se já tivesse visto aquilo muitas vezes. Eu estava enjoado, com a cabeça rodando e muito cansado, louco pra me enfiar numa cama e dormir uns dois dias seguidos.

De novo a estrada vazia e molhada de chuva. Uma lua minguante espiava entre as nuvens a rota desencontrada dos pequenos insetos. Eu pensava no cu esfolado da magra, na garganta ardida da crente e na buceta melada da puta, cheia de merda e esperma.

Nos deixaram, eu e a putinha, na mesma esquina. O bar estava fechado. O Puteiro Azul também. Olhei pra putinha. Ela não olhou pra mim. Atravessou a rua e bateu na porta do Puteiro Azul. Alguém abriu e ela entrou.

Em ziguezague, com uma lanterna vermelha na mão, segui em direção ao centro à procura de um homem honesto... Ou pelo menos de um boteco que, àquelas alturas, ainda estivesse aberto.

3. História de um silêncio

a. Inércia

O quarto escuro, quase duas da manhã. De bruços, forço o corpo (os quadris) contra o colchão. O sono vem de chofre: capuz — e guilhotina.

O *looping*...

Tripas reviradas por uma espátula fria, acordo suado, agarrado ao colchão. Uma goma elástica em cada fibra de músculo, o quarto inteiro iluminado: dia alto.

A cigarra do interfone zune, insistente, dentro do ouvido. Demoro um pouco até conseguir me orientar: momentos antes, a madrugada escura; agora essa luz brilhante e ácida, que ferve as paredes do quarto.

Me sento na beira da cama. Na cabeceira, o rádio-relógio: 15:35 — sexta-feira — 04-05-01

Fazia tempo que eu não dormia tanto. Os olhos cheios de areia. Na boca, um gosto de éter, detergente, barril de carvalho. Cheiro o sovaco.

Gente é um troço nojento.

Cisco entre panos e restos e, não encontrando nada pra vestir, abro a porta assim mesmo. O sujeito finge que não repara. Assino o papel. Ele me estende o telegrama e vai embora, resmungando.

Quatro palavras... Três na linha da cintura. A última, um *upper* no queixo.

De volta à cama, deixo o corpo desabar; penso que meu dinheiro está acabando e que logo vou ter que encarar o batente. Daí lembro que não sei fazer nada, e que sou muito covarde pra roubar ou matar. Viro de lado. A estante cheia de livros. Colada na parede, a famosa frase de Blake: o excesso e a sabedoria como dois sacos de lixo jogados ao acostamento da mesma via.

Ah, um pezinho delicado pra chupar! Um resto amargo de tesão por trás das unhas... O dia inteiro na cama, arretando coxas imaginárias, até a noite guardar o sol no sovaco do último prédio e cair pelas bordas, em câmara lenta. Sair fora, "dar um rolê", a rua vazia e úmida, a felicidade do feto — subaquática! — entre as estrelas (em torno do pescoço, o cordão vitelino).

Aperto os olhos e fico me divertindo com as luzes vermelhas, amarelas e azuis que explodem dentro das pálpebras. Volto a me sentar na beira da cama, o quarto abafado, escuro:

22:01 — quinta-feira — 10-05-01

... alguém mijando no apartamento de cima.

Pelo barulho grave e pesado, deve ser a viúva. O banheiro fica quase sobre a minha cama, canos e tubulações passando rente ao ouvido: todas as manhãs, quando acordam, e todas as noites, antes de tomar banho, a viúva e as duas filhas, em sequência, mijam na minha cabeça. Três rapidíssimos solos de bongô, do mais grave ao mais agudo.

Uma delas (acho que a mais nova) o faz em módicas prestações: ora segurando a urina, ora soltando aos pouquinhos, distribuindo o jato entre a louça e a água, e sempre me obrigando a prestar uma homenagem ao que batizei de Concerto Dissonante pra Latrina e Buceta.

Imagino ela — treze anos de putaria — puxando os pentelhos pelo topo do escalpo e olhando a bucetinha jorrar sua abstração diáfana, composta de amarelo-cerveja e amoníaco.

(O pau, esse feto nostálgico.)

Depois da homenagem, a mão limpada na colcha.

A viúva agora está no banho. Daqui a pouco serão as filhas. Ligo o rádio, sintonizo uma estação qualquer e espero. Espero. Espero... Mais mijadas, banhos, punhetas, uma cagada e, na volta,

23:36 — sexta-feira — 11-05-01

Gritos, motores, sirenes. Cada grupo de vozes que passa lá fora — principalmente aqueles onde escuto riso ou voz feminina — é como uma ofensa pessoal.

As meninas vestem preto e estendem olhares discretos e odores úmidos. Os meninos usam jeans e intenções de estupro consentido na coreografia vagabunda de cada gesto. Pelo mundo inteiro, na porta dos bares, procissões de rostos maquiados esperam, na fila: a mesma expressão de tédio reproduzida infinitamente, como se entre dois espelhos.

Hoje é sexta. Amanhã é sábado.

A alegria seviciada sem nenhum requinte (crueldade ou paixão) é encontrada de borco, num terreno baldio, quase todo domingo de manhã.

Maldição de cu é rola: nasci em 72. A gente só é capaz de sentir saudades da gente mesmo. O resto é pano de fundo, cenário, pontos de referência pra própria cara ou estado de espírito em determinado momento do passado. Mas, porra, que cenário vagabundo foram arranjar pra minha nostalgia! Embalagens, programas de TV. Trilha sonora hedionda, vender uma imagem (o cu da alma), acreditar, ter fé.

Na veia mestra do tesão — o vírus.

Bombons recheados de merda (o medo é uma esfera cujo centro está em toda parte e a circunferência em nenhuma).

Levanto e vou olhar o movimento pela janela: afasto as cortinas: dia claro — de novo o quarto iluminado e quente.

Sobre a cabeceira, em algarismos luminosos:

16:07 — sexta-feira — 18-05-01

Releio o telegrama. Sem saída: vou ter mesmo que ir até lá... Antes de bater a porta, uma certeza: Deus só criou a inércia. O resto — todo o resto — é obra do *outro*.

B. A ÚLTIMA CIDADELA

A pesar da viagem de seis horas e meia, do ônibus pinga-pinga, da noite em claro assombrada por palavras não ditas, do telegrama frio e metálico (a própria alça de caixão em quatro palavras), da culpa, do medo e dos sapos pulando do bucho até a garganta, consegui chegar a tempo: meu pai ainda não tinha morrido.

No bolso, o telegrama: "pai nas últimas pt câncer pt jorge." Liguei pro meu irmão. Ele demonstrou muita alegria ao ouvir minha voz, mas, oito anos depois, estava sem tempo pra falar comigo. Compromissos. Perguntei onde o pai estava e ele me deu o endereço: "Estamos te esperando" — e desligou.

Jorge é meu irmão mais novo. O irmão que deu certo. Eu sou *o outro*. Há oito anos tinha ido embora, sem dar explicações nem notícias. Só Jorge, de vez em quando, sabia onde eu estava — mas ele sempre se limitou a me enviar um pouco menos do que a quantia pedida. Sem mais delongas.

Ninguém me esperava na rodoviária de Porto Alegre. Fazia um frio desgraçado. A neblina recém se dissolvia e um solzinho de inverno melava a parte mais alta dos edifícios. Caminhei até o Mercado Público e parei num boteco. Pedi um pastel e uma dose de conhaque. Depois outra. Mais uma e peguei o ônibus que me deixaria em frente ao hospital. Pela janela, em tecnicolor, a velha cidade — velhas árvores retorcidas, novos estudantes encasacados —, velho fosso de Auschwitz, lotado de sonhos esquálidos, natimortos.

Uma saudade teimosa socada no fundo do corpo, como uma fome.

Na portaria, perguntei o número do quarto. Subi de elevador, admirado com o luxo da clínica: no tempo em que estive fora, quase tinha morrido num corredor de hospital, por causa de uma crise de apendicite. A porta do quarto estava só encostada. Entrei.

Minha mãe, sentada junto à cama, folheava uma revista. Quando me viu, seu olhar passou através de mim, como de costume: "Oi, filho", ela disse, na mesma voz neutra e letárgica (duas gotas de azeite morno pingadas nos tímpanos) que eu tanto me esforçara pra esquecer.

Fechou a revista, cuidando em marcar a página com o dedão. Depois, virando-se pro marido, sem a mínima alteração na voz:

— Saldanha, olha quem tá aí.

O pai recostado na cama. Olhos embrutecidos: raiva e medo. A ira sempre fora mesmo sua marca registrada, além de uma ternura violenta, traduzida em gestos e palavras bruscas, das quais só conseguíamos entender o significado depois de passado o susto. Novidade mesmo era aquele medo. Que ele tentava, a todo custo, esconder na carranca franzida. Sua cara amarela, cheia de vincos. Como a foto dele moço — terno de grandes lapelas — que eu trazia comigo, escondida num vão da carteira. A respiração difícil. Um esforço tremendo no subir e descer do peito. Mas toda essa fragilidade contrastava com o peso da pedra bruta que o velho fazia questão de carregar na órbita dos olhos. Talvez porque a morte já estivesse abraçada a sua cintura e com a cabeça recostada no seu ombro — e o fato de eu estar ali, depois de tudo, deve ter soado pra ele como a confirmação de uma sentença.

Seu olhar na minha direção durou poucos segundos.

Logo tratou de virar a cara e grunhir algo pra esposa. Alguma coisa sobre quem tinha dado permissão pra me chamar. Continuava o mesmo. Já estava saindo, quando escutei a voz monocórdia e oca da mãe:

— Já vai, filho?

Pela fresta, a porta se fechando (*slow-motion*):

...o velho pegando o controle remoto e ligando a TV. A velha trazendo os óculos pra ponta do nariz e seguindo normalmente com sua leitura...

Como se absolutamente *nada* tivesse acontecido. Oito anos depois.

Andei alguns passos pelo corredor. Depois voltei até a porta do quarto. De novo dei meia volta, decidido a ir embora de vez. Quando fui interpelado por um doutorzinho moço, alto e magro, com cara de recém-formado.

Cheirava a desinfetante e loção pós-barba e falava como se usasse na voz o mesmo gel que lustrava seus cabelos. Tudo, no doutor, evidenciava compreensão, calma, humildade e limpeza — queria mostrar o quanto era *humano* e como entendia o sofrimento do doente e de sua família. Mas toda essa alegoria desinfetada só fazia dizer, a cada instante: *Eu sou melhor que você.*

— Olá. Sou o Dr. Roberto. És parente do Sr. Saldanha?

— Filho.

— Compreendo. Alguém já falou contigo sobre o estado do teu pai?

Era só olhar pra cara do velho pra saber o "estado" em que ele estava. Mas o doutorzinho gostava de ouvir o som da própria voz. Gostava de mostrar sensibilidade e perspicácia ao consolar os outros. Tudo pra acrescentar mais um ato caridoso e *humano* ao seu currículo. Talvez até conseguisse comer uma ou duas enfermeiras com a minha história (afinal, são coisas como essas que fazem a *humanidade* reproduzir e se multiplicar).

— Não. Ninguém me falou nada — respondi.

Suspirou. Fez uma cara neutra e começou a falar, me olhando diretamente nos olhos. Sua voz pingava vaselina:

— O que teu pai tem é um tumor. Maligno.

Fez uma pausa significativa, atento a qualquer reação da minha parte, e prosseguiu:

— Teu pai nos procurou apresentando sintomas de um tumor avançado. Na próstata. Não conseguimos convencê-lo a fazer o exame de toque. Tentamos submetê-lo a uma ultras-sonografia transretal, que também foi recusada. Pelos demais exames o quadro não se mostrou nada bom. Realizamos então uma intervenção cirúrgica. Não pudemos fazer mais nada. As células metást..., digo, as células *doentes* migraram pela corrente sanguínea e se instalaram no fígado e nos ossos. Teu pai demonstrou grande resistência à ideia de voltar ao hospital. Só está aqui porque sofreu uma fratura na bacia, em decorrência do tumor. Agora... — fez um profundo suspense e me olhou com uma expressão que misturava profissionalismo à mais pura compaixão (na verdade, parecia que estava se contendo pra não rir) — ...tudo o que podemos fazer é esperar.

— Entendo. Pra ver que o velho tá no bico do corvo, basta olhar pra cara dele — falei.

Dr. Roberto ficou um tempo me estudando em silêncio. Depois caiu na besteira de acrescentar:

— É uma pena que isso esteja acontecendo... Um exame tão simples.

Alguém, de qualquer maneira, teria mesmo que pagar por tudo isso.

— O senhor está se referindo ao exame de toque retal, não é mesmo?

Ele concordou com a cabeça. Continuei a falar, didaticamente. Um pequeno demônio soprava coisas no meu ouvido, como naqueles desenhos do Tom & Jerry:

— Veja bem, doutor, é o seu dedo — e sacudi o indicador em riste, bem na frente da cara dele. — O *ânus* (espetei o dedo no ar, dramaticamente) é do meu pai... Compreende?

Não adianta vir com essa história de distanciamento científico, saúde, doença e o escambau. Pra mim e, sem dúvida, também pro velho Saldanha, dedo é dedo, cu é cu. Entrar no corpo, no cu de um homem, é coisa muito séria, doutor. Veja bem: atrás do dedo tem o senhor. Atrás do cu, tem o meu pai. Quem gosta de *influência* é baiano, doutor. Sabe quanta coisa meu pai construiu na vida em defesa do lacre inviolável do seu bendito rabo? Sabe?

Segurei-o pela manga. Ele me olhava com cara de idiota: devia estar consultando mentalmente seus manuais de psicologia. Comecei a falar cada vez mais alto:

— Pois eu digo, doutor: meu pai é um homem, um macho, como não se encontra mais hoje em dia. Hoje em dia se aceita tudo da parte de um homem... Cabelo comprido, brinco na orelha... Estou falando daquilo que é mais sagrado, daquilo que faz um homem ser diferente das mulheres e dos maricas como o *senhor*. Falo de preconceito, doutor, rigidez, fio-de-bigode e trabalho duro! O senhor pensa que é fácil ser macho? Pensa? CALA A BOCA! Eu tô falando!

— ...eu falo dos tapumes, seu doutorzinho de merda, das paliçadas, dos campos minados que um sujeito tem que espalhar em torno de si. Como humilhar garçons em pleno restaurante quando a comida demora, constituir família, saber a função exata do virabrequim na mecânica do automóvel, discutir futebol, votar no Brizola, assar carne, colecionar espingardas e facas, preferir matar ou morrer que levar desaforo pra casa. Falo do cu de mão única, doutor, a coisa mais fora de moda hoje em dia. O cu, *doutor*, é a última cidadela do Macho!

E repeti, aos berros, puxando firme a manga imaculada do jaleco, a boca quase encostada na orelha dele:

— O CU É A ÚLTIMA CIDADELA DO MACHO!

E, como que pra ilustrar tudo o que eu tinha dito até ali:

— Além disso, como é que se pode confiar num sujeito

que depois de se foder por seis anos numa universidade, se especializa em enfiar o dedo no cu dos outros?

Grupos de pessoas de pijama e roupas brancas se amontoavam nas extremidades do corredor. Uma enfermeira falava com dois gorilas de branco e apontava na minha direção. Dr. Vaselina, sentindo-se amparado, olhou pra mim, pra manga que eu segurava, depois pra mim de novo, e rosnou:

— Larga!

Obedeci. Os dois gorilas corriam na minha direção. Minha mãe, na porta do quarto, olhava pra tudo e pra nada ao mesmo tempo. O doutor me olhou com desprezo e virou as costas.

Ainda tentei estufar, com o dedo médio, a parte de trás do seu jaleco, mas não consegui. Só me lembro de ser erguido e, minutos depois, estar do lado de fora do hospital.

***

Novo ônibus: Av. Oswaldo Aranha.

O túnel.

Sobre os para-brisas dos ônibus contrários, nomes dolorosamente espargidos: Bela Vista, Menino Deus, Tristeza-Assunção. O centro da cidade se aproximando como a lembrança de uma humilhação pra qual não se teve resposta. Novamente a rodoviária. O velho Centro: a sujeira na parte mais funda do umbigo, um calafrio no espinhaço quando se tenta removê-la. A Av. Mauá e o rio onde, há séculos, a grande família porto-alegrense mistura sua merda. Desci. O Mercado Público tinha virado praça de alimentação. Rua da Praia, os arcos cinzentos da Borges, o sotaque da magrinhagem cada vez mais nojento — alma é uma porção de quinquilharias pungentes que ficam no fundo. Se faz o possível pra que fiquem no fundo. Mas às vezes não tem jeito: começam a dançar dentro da gente com todos os fragmentos crispados. E dói, dói pra caralho. Numa parte do corpo que é ao mesmo tempo todas e nenhuma.

O Cine Vitória virou uma igreja evangélica. O Carlos

Gomes continuava firme com seus filmes de putaria. Viadutos, estátuas equestres, sarjetas imundas. Todos os ruídos, odores, contrações e resíduos humanos indo desembocar no grande esfíncter de andaimes do terminal urbano. Eu caminhava com raiva, fome, tristeza, os braços doendo por causa das mãos firmes dos brutamontes. A boca seca. A raiva seca. Vontade de comprar um revólver.

(Na Praça da Alfândega, pendurada no galho florido de um jacarandá, balançava uma forca vazia.)

Quando me dei conta, pisava um chão duro de terra vermelha. Do outro lado da rua, um parque cheio de árvores e águas, verde e inchado como um hematoma.

Parque da Redenção.

Era ali que a gente ia passear quando criança. Eu, o irmão e o pai (as tardes de domingo, uma espécie de trégua).

Sem me dar conta, tinha voltado pro mesmo lugar. Bem próximo ao hospital onde meu pai estava morrendo.

✳✳✳

A moça da portaria era outra. Passei encolhido por trás de um grupo de enfermeiros. Um viadinho me reconheceu. Pisquei o olho pra ele. O viadinho continuou conversando com os outros. No andar do quarto, não havia ninguém. Do outro lado, portas fechadas. De vez em quando, através delas, um gemido ou um choro abafado.

Bati na porta de leve e ninguém respondeu. Girei a maçaneta: o pai dormia sozinho.

Uma tromba transparente e cheia de anéis estava grudada na sua boca. Cheguei mais perto: velhice e dor. Os cabelos, ralos fiapos, espetados aqui e ali ao longo da cabeça. Eu só enxergava sua cara, o lençol branco quase sem recheio e, mais abaixo, um pé nodoso (o outro engessado) no final de um pedaço frágil de canela.

Noite. Passos firmes faziam tremer a madeira do chão. A

casa inteira encolhida, girando em torno da afirmação daqueles passos. Quando ele abria o guarda-roupa, os cintos pendurados atrás da porta faziam um alarido metálico de fivelas.

Fechei o punho.

(A infância é uma existência ao rés-do-chão, em que se é agraciado com a total ignorância da morte. Quando se *sabe* da morte — e não importa exatamente *quando* isso acontece — a infância termina, e tem início um longo período dedicado à espera, ou a uma tentativa desesperada de esquecimento. É quando, no meio de uma surra, a gente para de chorar, e a dor passa a fazer parte do corpo como um novo membro. Um membro aleijado.)

No rosto entubado do pai, na fragilidade dos seus ossos, no som da voz que, naquele momento, tive certeza de que nunca mais voltaria a ouvir — em tudo isso junto e em cada detalhe isolado — eu mesmo, menino. Em torno de mim, o mundo. Que a partir daquela época (e cada vez com mais intensidade) me acostumaria a olhar de baixo pra cima.

Cheguei mais perto. Estendi a mão pra tocá-lo, mas recuei.

Minhas lembranças da infância quase não têm cheiro. São feitas de coisas inodoras, como a solidão e o silêncio. O medo, este cheirava a engulho, a couro curtido, e gritava como o alarido metálico de várias fivelas.

A regra: aguentar como Homem, "no osso do peito", como ele, o pai, nos dizia. Com o passar dos anos, o tal osso foi trincando, trincando — até explodir em centenas de estilhaços pontiagudos.

Foi então que desisti de ser um Homem.

O pai acordou. Respirava com dificuldade. Quando viu que estávamos sozinhos, arregalou os olhos e teve uma breve agitação. Depois se aquietou e ficou ali, arfando. Olhava pra TV desligada.

Fui chegando perto e parei bem próximo. Disse: "Pai."

Ele se recusava a me olhar. Como quem prefere morrer a ter o lacre do cu violado. Eu quis dizer mais alguma coisa. Ele percebeu. Sua respiração deu um tranco. O tubo fez um barulho esquisito. Virou a cabeça bruscamente e, num suspiro difícil, foi relaxando, até esvaziar.

Era como se tivesse chupado pros pulmões todo o oxigênio que havia no quarto. Tudo, por um longo instante, ficou em suspenso, no vácuo.

Saí e chamei a enfermeira. O resto da família também veio, aos atropelos.

O grande vácuo persistia, ainda estava lá.

Dr. Roberto chegou logo em seguida. Me dirigiu um olhar sanguinário, mas breve. Auscultou-o, balançou a cabeça e foi embora.

A família entendeu a deixa: em pleno vácuo, minha avó materna, chimpanzé corcunda e grisalha, urrava, dava cambalhotas de costas e caía de pé, no mesmo lugar. Meu irmão se continha, prendia o choro no queixo trêmulo; e era com essa cara de peixe que dava apoio à esposa e a nossa mãe — que continuava tranquila e ereta, com uma expressão vazia no rosto.

De canto, eu olhava a cena.

Quando aconteceu: minha mãe *olhou* pra mim. Pela primeira vez na vida, ela olhou pra mim *de verdade*.

A mãe que passara a vida inteira caminhando, gesticulando, se movendo e olhando pra tudo como se de dentro de um aquário, agora *olhava* bem dentro dos meus olhos. E foi das profundezas desse olhar tenebroso que ela me estendeu a mão.

Balancei. Mas bem a tempo me dei conta do ridículo da situação: era como se a estátua do General Osório de repente descesse do cavalo e me convidasse pra tomar um chope.

O ridículo é uma tristeza virando cambalhotas.

Virei as costas e fui embora. Pra sempre. Pela segunda vez naquele dia.

4. Autobiografia masturbatória

Macaquinhos no sótão

pra Raquel

Cada gesto seu, um deslocamento minucioso, submarino, e, ao mesmo tempo, assertivo e firme: o olhar do caçador momentos antes de levar a coronha ao ombro.

Na hora do recreio, atrás de uma pilastra. Ou na rua, escondido pelas galerias, gostava de vê-la passear pelo centro — olhos baixos, cara séria, rabo-de-cavalo roçando a elegância da nuca —, debaixo das marquises, por corredores mal iluminados, pelas calçadas entupidas da Borges ou da Riachuelo.

Rua da Praia, 1985: o olhar de tara dos homens. Porto Alegre geando nas vidraças suas manhãs de inverno. Pros meus olhos educados em orifícios e frestas, a impressão de que Raquel flutuava entre a cinza das garoas.

A primeira vez que a vi foi no ginásio de esportes, atrás da última arquibancada, os dois matando aula — um esconderijo que eu pensava que era secreto. Um susto encontrá-la sentada no mesmo degrau onde eu passava, sozinho, a maior parte dos recreios.

Raquel também: saquinho de biscoitos na mão, um sorriso nervoso ao dar de cara comigo. Nossa conversa truncada, cheia de silêncios difíceis. Apesar de aluna nova, parecia ter a manha de encontrar os cantos mais escondidos. Acho que foi

por isso — por gostar das tangentes e dos lugares escuros —
que gostamos imediatamente um do outro.

Até que o último beijo.

Não, ainda não. Importa é o que veio antes, o recheio, a
qualidade da pólvora, as palavras que nunca foram estas que
tento, agora, encaixar umas nas outras, nesta tentativa frustrada de exumação. Mas é um aperto, uma vontade desgraçada
de voltar à umidade daquelas ruas, que me obriga a seguir em
frente — a fingir que sou eu quem mata o tempo com lembranças inúteis, e não o contrário.

Raquel foi o antes. O conteúdo daquilo que um dia se
fechou, pra nunca mais. Quando, sentados num degrau, atrás
de uns arbustos, ela interrompeu um silêncio mais longo me
puxando pela nuca, e o chão lá longe, depois da vertigem, a
língua primeiro tímida, depois decidida e nervosa, a firmeza
da mão acariciando, por cima das calças, a viga agridoce do
medo, sem nunca deixar que se abrisse qualquer fresta ou que
eu alcançasse, atrapalhado, o que estava escondido debaixo da
saia plissada ou do blusão de lã. A boca macia. Os dedos finos,
gelados. A rigidez da carne se decompondo, aos solavancos,
em odores e líquidos.

No sótão de casa, uma portinha me levava a uma paisagem áspera, feita de poeira, vigas, telhas escurecidas e calor,
muito calor. Entre quatro vigas, uma cadeira giratória. Em
torno, presos por tachinhas, pôsteres e páginas arrancadas de
certas revistas.

A cadeira girava e, na vertigem de cada meia-lua, peitos, bundas, paus, cintas-ligas, bocas lambuzadas, caras de
dor e gozo (minha bunda escorregando no couro sintético,
encharcado de suor), um playground secreto que batizei de
"Punhetódromo".

O Punhetódromo também era uma fonte de renda.

Eu cobrava de amigos e colegas cem cruzeiros — o
preço de uma revistinha de sacanagem ou de um ingresso de
cinema — por quinze minutos de suor e diversão masoquis-

ta, enquanto ficava de guarda, ao lado da portinhola, atento a cada movimento da minha mãe no andar de baixo.

Nunca tive jeito pra negócios. Na maioria das vezes, usava o dinheiro pra curtir as matinês de domingo.

Eu e Raquel.

Antes das férias de final de ano, o último beijo. O pai dela foi transferido pra outra cidade e, em março, ela não voltou pra escola. Lá por agosto, recebi sua primeira carta. Perguntava, entre outras coisas, se eu já tinha levado alguma outra menina pra conhecer meu sótão.

Nunca respondi a carta. Porém, se respondesse, iria dizer que não, Raquel, nenhuma outra.

Pra falar a verdade, até hoje.

Quatro mulheres
(ou Os cabaços do homem)

Mas, quanto aos tímidos, aos incrédulos, os abomináveis, aos homicidas, aos fornicadores, aos feiticeiros, aos idólatras e a todos os mentirosos, a sua parte será no lago ardente de fogo e enxofre: que é a segunda morte.
(Apocalipse 21:8)

Resignado, passo os olhos pelo boteco. Pequeno, bem decorado (o dono deve ser bicha), quase vazio. Avencas e samambaias. Nina Simone no som ambiente. Velas sobre as mesas abrigadas em potinhos de cerâmica.

Nas paredes, reproduções de Dali, Caravaggio, Klimt (ao reconhecer os pintores, também acabo me sentindo meio viado).

Olho o pôster maior, dedicado a Michelangelo Caravaggio: representa o momento exato em que Cristo prova a S. Tomé que ressuscitou de verdade. Cristo guia a mão do santo, segurando-a pelo punho, e faz com que o dedo indicador penetre a chaga em seu flanco: quase dá pra ouvir o barulho úmido da penetração.

Na mesa à esquerda, um casal. Que chupa a boca um do outro como se chupassem bagaços de laranja.

Estalos. Gargarejos.

Uma curiosidade: Quantos sabores diferentes de saliva, suor e esperma contêm hoje em dia o beijo de uma mulher?

A saliva e o esperma de sujeitos como esse: antisséptico, bem embalado. O próprio executivo de filme americano — gravata frouxa, mangas da camisa dobradas, paletó na guarda da cadeira — curtindo um *happy hour* depois do batente.

Quando conseguem se desgrudar, os dois ficam ali, dedos entrelaçados, olhos nos olhos, simulando uma cumplicidade obscena, provavelmente também tirada de algum filme.

Algumas mulheres conversam na mesa ao fundo. Todas inclinadas, o rosto ora afundando, ora emergindo da sombra indecisa dos potinhos de cerâmica. O que me faz fechar os olhos e, num suspiro engasgado, apertar meu pau sob a mesa: quanto mais penso em ir até lá, mais afundo o nariz no copo de uísque.

Como agora, travado, olhar mergulhado no líquido pardo, onde boiam, como restos de cagalhões na privada, as últimas lascas de gelo.

Eu sei: bastariam alguns passos e meia dúzia de palavras pra que tudo fosse resolvido. Mas, num lugar indefinido do corpo, há algo que me pesa, me gruda à cadeira, e me faz cogitar macumbas, vodu — o efeito rebote de alguma canalhice que aprontei nesta ou em outra encarnação. Ou talvez eu não passe mesmo de um bunda-mole: não é exatamente pra isto — pros bundas-moles desviarem um pouco a atenção de si mesmos —que servem essas e outras picaretagens do além?

Mas não os culpo, os bundas-moles. O fato é que todo mundo *necessita* de um trapézio a mais — de uma saída de emergência que nos arranque, sempre que necessário, das praticidades ordinárias desta fatia amarga de tempo que algum gaiato apelidou de "momento presente".

No meu caso, o que me salva é um estado de torpor — uma espécie de demência boa, ligada intimamente a balidos trêmulos e postas suculentas de carne de vitela, que me toma de assalto em situações como esta, quando me sinto mais fodido do que nunca: quatro mulheres. Que se revezaram na minha cama desde a nossa adolescência até cerca de cinco anos atrás, quando o caldo entornou de vez.

Quatro irmãs. Meninas caladas, estudiosas, "de família". Vizinhas de porta. Nunca entendi direito os termos daquele arranjo. O fato é que, sem que eu pedisse nada, muito compenetradas e cheias de culpa, elas foram se revelando uma por uma.

No playground do edifício, junto ao murinho. Na área de serviço da minha casa, atrás de um colchão mofado. No quarto da avó paralítica, aos pés de cama, sobre o tapetinho de crochê (depois que acabamos, a velha continuou a agonizar — olhão parado — no mesmo compasso da nossa gemedeira).

Mãos nervosas. Dentes cerrados pra esconder o grito, quatro vezes o mesmo selo em brasa marcando o algodão da calcinha. Jamais a nudez escancarada. Nunca o corpo inteiramente oferecido ao trabalho impaciente dos meus dedos e língua. E, com exceção de uma delas, que depois sempre caia no choro, três vezes o mesmo silêncio engasgado na hora do gozo.

No fim, a mesma lenga-lenga de sempre: troca de anéis, cenas de ciúme, juras de amor e promessas que nunca seriam cumpridas. Dois abortos. Foram elas que me escolheram, assim, do nada — e acho que nunca me perdoaram quando dei o basta.

Na época, eu era um *guri mau*. E, como todo guri desse tipo, ostentava nas maneiras e nas palavras uma crueldade forjada, feita sob medida pra esconder o medo. Tempo tesudo, aquele. Eu tinha a certeza absoluta de que, dali por diante, tudo daria certo pro meu lado.

Como sequela, trago esta paralisia, este nó na garganta. Este não saber onde pôr as mãos nos momentos cruciais, como se de dentro pra fora — um cabaço a ser permanentemente rompido.

Das minhas quatro mulheres, duas hoje estão casadas, sempre grávidas ou com filhos pequenos, e fingem que não me conhecem. O mais velho de uma é a minha cara — ou, pelo menos, eu gostaria que fosse. A terceira sumiu no mundo sem dar notícias. E a quarta, lacrou todas as frestas do apartamento e abriu o gás. Foi encontrada duas semanas depois, ao lado de uma garrafa vazia e de uma carta com cinco frases sóbrias, definitivas. Eu nunca soube o conteúdo da carta. Só sei que estava endereçada a uma de suas irmãs. A mesma que, logo depois, sumiu sem dizer nada.

A última vez que as encontrei foi no velório. Três de óculos escuros. A outra no caixão, cercada de círios. Pelo estado do corpo, a família não deixou que fosse aberta a escotilha.

Não nos falamos nem nos despedimos. Também não ficamos até o final da cerimônia.

Me lembro delas com uma frequência maior do que gostaria. Principalmente da morta e da fugitiva. É desagradável imaginar a putrefação de um corpo que se conheceu, digamos assim, tão *profundamente*. O mesmo tipo de angústia deve ocorrer a um sujeito que perdeu um braço ou uma perna e, ao olhar o coto, sente a nostalgia do membro que está em algum lugar. Enterrado, apodrecendo.

De modo que sou obrigado a beber mais um trago, cada um dos meus gestos medido e executado segundo o ritual indiferente das mulheres na mesa ao fundo. Já estou meio bêbado. E issso, ao invés de me dar coragem, só colabora pra aumentar ainda mais o constrangimento.

Olho pra mesa: uma delas joga os cabelos sobre a nuca e se dobra de rir. Enxugo o copo e faço sinal pro garçom, pedindo outro. Bebo tudo num gole e peço mais outro, duplo.

O garçom traz um copo alto e a garrafa.

Fixo o olhar no grupo de mulheres e finalmente decido ir até lá. Ensaio o movimento. Não consigo levantar da cadeira. Outro gole e faço o gesto pra encerrar a conta.

O casal na mesa ao lado segue se lambendo. S. Tomé Congelado continua a tocar a lenta siririca na chaga inflamada do Cristo. Os garçons, calados e sonolentos, tramam pequenos golpes aos cochichos, num grupo compacto junto ao caixa. Um deles recebe um pratinho com a conta e vem na minha direção. Tento me levantar: o chão e as paredes giram em direções opostas. Até as coisas voltarem ao prumo, finjo que estou procurando algo nos bolsos. A caminho da porta, olho de novo pra mesa ao fundo: as mulheres agora estão em silêncio, de ombros caídos, e olham em direções opostas.

A *abordagem*. O *desempenho*. A *coreografia*. Para um homem com o mínimo de senso de ridículo, um defloramento contínuo e eterno (a partir das entranhas, sempre). O segredo: fingir que nada de verdadeiramente importante está para acontecer. Um pedaço de carne. Se meter ali dentro, lavar o pau e ir embora. Às vezes pode dar certo.

Chego na mesa e digo "Oi". Elas arregalam os olhos e depois sorriem, como se já estivessem me esperando. Puxo a cadeira e desabo. A boca dormente, a cabeça pendendo de um lado pra outro, a vela no pote de cerâmica rebolando sua chama ridícula, o zumbido constante de um motor de geladeira vindo dos lados da cozinha.

(Sem querer, deixo escapar três vezes a palavra "puta".)

O silêncio envolve tudo com sua massa pegajosa, como se uma enorme posta de carne crua dançasse sob a chama das velas. No estômago, uma espécie de bolo, composto da mesma matéria flácida de que é feito o silêncio.

Começo a tremer.

Sinto a mão de uma delas descansar na minha. Com a outra mão, me agarro firme à toalha: estilhaços e cacos. Copos e garrafas vazias caídos no meu colo, espalhados pelo chão. Sinto outra mão segurar minha coxa por baixo da mesa, e alguém me abraça por trás: um perfume suave, cabelos e seios. Tudo parecendo bem familiar e, ao mesmo tempo, carregado de estranheza, no limite do suportável.

Uma das mulheres se levanta e some entre os garçons na parte mais escura do bar. Num movimento pesado, a outra, que me abraçava pelas costas, ocupa o lugar à minha frente, colocando as mãos juntas sobre a mesa.

Um cheiro adocicado de terra e flores apodrecidas toma conta de tudo. Mesmo evitando olhar pra sua cara, sei que ela está sorrindo.

Não quero, não consigo erguer o rosto.

A mulher que acabara de se levantar volta, puxa uma cadeira e senta bem junto a mim. Nas mãos que descansam sobre a toalha, reconheço dois pares de anéis, e meu queixo se empina violentamente, como se eu tivesse acabado de levar uma bofetada.

Somos cinco à mesa.

QUANDO EU SAIR, SERÁ NOITE

(CONTROLE REMOTO)

Mudo de canal. A casaca vermelha-e-preta dança num giro perfeito: de novo a noite — e tudo volta aos conformes.

Janelas fechadas, sexta-feira modorrenta. Controle remoto na mão, muito bom saber que tudo nos devidos lugares.

Olho em volta. O quarto em holocausto. Entidades reais e imaginárias que obrigatoriamente fazem parte deste picadeiro sadomasoquista chamado vida adulta.

Armários. Gavetas. Fotografias. Pequenos enfeites.

Pastas atulhadas de certidões, fotocópias autenticadas, rascunhos pela metade que jamais serão concluídos. Deitada a meu lado, a mulher que arruma a minha cama. Me chama de *amor*. Ocasionalmente chupa a minha pica (berra como uma leitoa esfaqueada quando finge que está *chegando lá*) e adora uma frase feita.

Uma ideia feita.

Uma vida feita.

Enfim: uma *felicidade* feita. Lexotan, anabolizantes, remédio pra síndrome do pânico. Datas impreteríveis circuladas em vermelho, domingos sem sol e passeios pelo shopping, de mãos dadas... Essas coisas, encadeadas umas nas outras, serão os elos da corrente que vou arrastar pelos corredores do inferno, tenho certeza disso.

Mas tudo bem.

Tenho na mão o controle remoto e mudo de canal: outro dia, novo giro da capa vermelha-e-preta, um olhar de ódio pra nesga de sol que teima em entrar por uma fresta das persianas.

Ao longe, o canto de um galo — de novo a noite.

Levanto da cama e me visto.

Minha chupadora portátil pergunta aonde eu vou. Sem responder, viro as costas e saio.

Só na rua descubro que, enfiado no bolso da jaqueta, trouxe comigo o controle remoto.

***

A noite de sábado é o próximo passo, este pedaço de calçada, o degrau, a fachada do bar, o porteiro, "Boa-noite", diz o porteiro.

Habitué.

Dentro do bar, todo mundo se conhece, mas finge que nunca se viu. Melhor assim: a graça de todo boteco é esse clima de suspense e mistério (o que vai ser esta noite?), mesmo que pra lá de decifrado.

Chego junto ao balcão e o barman, na obrigação de me conhecer, pergunta como vão as coisas. Respondo que vão indo. Meu nome, na sua voz, tem um quê de almoxarifado, pilhas e pilhas de certidões e registros, dois dedos de poeira cobrindo tudo.

Mesmo que a preços módicos, a amizade é sempre um troço bem-vindo. Aliás, melhor assim, a preços módicos: me exime da obrigação de correspondê-la.

À borda do copo, o primeiro gole, a áspera oração inversa (não estais exatamente no céu, ó Padre-Nosso do uísque!). Depois da terceira dose, as coisas começam a chegar a um prumo mais ou menos aceitável.

Gente que me olha.

Dentes e batom: a mão que alisa a base do copo.

Cutículas parelhas, dedo por dedo, decote, um crime doloso, requintado: da cara de esfinge à fina camada de esmalte, truques inventados pela natureza, visando a manutenção evolutiva da espécie.

O rabo do pavão.

A dança das víboras.

Mamas transbordando leite, enraizadas no sopé de uma fome ancestral — a gana zoológica e inexplicável pela sobrevivência. Bebo o último gole da terceira dose e o bar volta a trocar de prumo, numa inclinação mais favorável ainda.

Olho fixamente as cutículas e elas param de alisar o suor do copo. Dois traços de rímel sublinhando a orla puteira dos olhos. Nas savanas do asfalto, são as fêmeas que trocam de pele e, iludidas, saem pela noite à caça de colhões intumescidos.

Um serviço sujo, é verdade, mas alguém tem que fazê-lo.

***

Passo a passo, eu e ela pela rua. Minha carne indiferente. Sua boca oculta, obviamente faminta — o que a faz falar pelos cotovelos. Seu assunto se resume em me provar que, apesar de manicure, estudante de psicologia e semianalfabeta, é capaz de formular frases-cabeça, filosoficamente profundas.

— Já leu "A Profecia Celestina"?

A lógica das caçadas: palavras não têm importância. O que vale são os pequenos sinais, as orelhas em pé, os olhares de fome. O focinho que fareja a carne dócil (Papanicolau) no contrafluxo da brisa. Pegadas sobrepostas, que vão se fechando em círculos concêntricos, cada vez mais apertados. Assim, passo a passo, do *Homo sapiens* àquele ratinho primevo, fundador de toda esta gronha: olhos, boca, dentes, pescoço, mamilos, pentelhos — buraco!

***

encarapitado na terceira vértebra me sustentei do como pude balão pandorga princípio de incêndio depois da foda no corpo inteiro um chulé de sapato novo couro artificialmente esturricado impossível adivinhar seu cheiro a primeira cor dos seus cabelos um apartamentinho bem arrumado o filho dormindo na sala recusei o lanchinho e a única coisa que me deu um pouco de nojo foi o sotaque ilhéu lá dos cafundós litorâneos de santa catarina o beijo na boca quando é que tu voltas vai com os anjinhos caralho na grande maioria das vezes não dá camisa a ninguém o vício/ esforço/ obrigação de chupar e foder uma mulher da forma mais competente possível.

***

Cada prédio no seu devido lugar.

Uma saudade feita só de coisas que nunca existiram, a Casa Grande, poucos farelos de pão sobre a toalha de linho, chapéus, chicotes, sombrinhas — tudo boiando na superfície do tempo, das coisas que se pode ver ou imaginar —, o que, como sempre digo, dá rigorosamente na mesma.

Negros cantando na senzala. Um negro na minha frente, apontando uma faca e dizendo "Passa a grana, playboy filhodaputa!"

Medo.

A lâmina nua.

A partir da contração da primeira trama de músculos — e antes de sentir o órgão perfurado — a solidão absoluta de quem se vê na extremidade menos privilegiada de um cano ou de uma faca.

Medo.

Olho nos olhos escuros do negro e vejo que morri. Bem devagar, tiro do bolso da jaqueta o controle remoto, entrego pra ele e saio em disparada.

Um grito: a rua afogada em nuvens escuras.

O fio da lâmina ainda me pega no antebraço, de raspão.

***

Vazio.

***

Depois do beijo, o pôr do sol vai se apagando, e a luz acende.

A atriz era jovem e bonita, e o ator, jovem, bonito e engraçado. A praça e um céu luminoso me surpreendem do lado de fora: dentro do cinema, sempre a ilusão que quando eu sair, será noite.

Não há fila na bilheteria, só uns dois casais de mãos dadas. Compro o ingresso e logo a poltrona, a sala à meia-luz e os olhos fixos na tela branca.

A luz se apaga.

Demorei pra chegar até aqui. Meio a pé, meio de carona — a cidade natal da manicure.

Como toda cidade litorânea, uma burrice com vista pro mar. A vantagem é que tem um cinema que dá pra uma praça, o único da cidade (já tinha esquecido que os cinemas ficavam na frente das praças). Os filmes demoram a sair de cartaz.

A ferida no braço já cicatrizada, fico aqui o dia inteiro, todos os dias.

O bilheteiro e o porteiro me cumprimentam. Sei que riem às minhas costas quando desapareço pela cortina.

Não me importo.

À noite, volto pro hotel (sem ar-condicionado nem televisão) e durmo até tarde. Economizo para o cinema o pouco dinheiro que ainda tenho.

Algumas vezes compro pipoca. Noutras, algodão doce.
Choro em silêncio quando o rosto bonito da atriz —
dois metros de largura — aparece de repente na tela.

O MASTURBADOR

...por isso, o Senhor feriu Onan de morte,
pois ele fazia uma coisa detestável.

Gênesis 3, 10

Filho: hoje faz cinco anos que tu vieste ao mundo. Já és, portanto, um homenzinho. É chegada a hora de aprenderes uma lição, uma lição que te servirá para toda a vida.

Tua cara me diz: Medo. Eu sei que a palavra é infinitamente mais branda do que a presença desse caroço trancado na tua voz, pois assim mesmo é o medo: um caroço áspero, localizado na parte mais oca da voz da gente.

O medo, portanto, já é teu. O caroço é isso aqui — isso, isso mesmo! — que aos poucos se avoluma. Um caroço a princípio fértil, cheio de árvores com outros frutos e outras sementes frutíferas dentro dele, mas que na tua garganta, permanecerá estéril, até que um dia possas passá-lo adiante.

Vem cá e encaixa tua mãozinha neste vão entre a virilha e os testículos do teu Pai... Assim: a palma voltada para dentro.

Excelente.

Agora aperta... E solta... Assim! O Medo! Não esquece nunca deste sentimento que agora te deforma o rosto, nem da posição ajoelhada na qual te encontras: é assim que começa. Responsabilidade! Vê como incha o caroço?

Abre a braguilha e liberta-o. Confia no teu Pai: liberta-o!

Isso.

Agora — põe na boca. Mais um pouco. Um pouco mais fundo... Engasgas? Só mais um pouquinho.

Ah, te debates! Soqueias as coxas do teu velho Pai! Isto só demonstra a real necessidade deste aprendizado, disto na garganta até a raiz. O narizinho afogado entre meus pelos, o queixinho comprimindo o sagrado escroto de onde tu saíste, a mão que segura firme tua cabeça, até que teu rosto fique azulado, teus pulmões esvaziem e te quedes, finalmente tranquilo, quietinho, sentado na sala, com o... cabelo penteado para o lado, como faz... todo menino que sabe... que aprendeu a se comportar.

Urra!...

Eu sei. Nem cogitas arrancar com os dentes minha haste. Não provocarias a Ira do teu Pai por nada deste mundo!

É a isso que teu avô e o Pai do teu avô e o Pai do Pai do teu avô chamavam Respeito.

É por causa da lembrança disso no meio da garganta que, por exemplo, as pessoas sussurram quando entram numa igreja, é isso que faz com que as pessoas, diante de um favor, por exemplo, digam "Muito obrigado".

É disso que se desdobram as cerimônias de formatura, as patentes hierárquicas e a submissão aos encargos superiores. Disto mesmo: deste caroço grosso e estéril, que a partir de agora pulsará para sempre na parte mais frágil da tua palavra.

Guarda na voz esta lição. Ela valerá para toda a vida.

Uma lição de silêncio.

***

Abro os olhos pro quarto escuro. Um nó na garganta — a certeza de ter chorado sem saber por quê. Estendo a mão: ela dorme tranquila ao meu lado. Como sempre, não devo ter emitido nenhum som. Chego meu corpo bem próximo ao dela: um corpo quente, o cheiro bom.

...esfrego a porra nas mãos até secá-la. Depois viro pro outro lado e volto a dormir.

***

Não a vejo enquanto faz as malas, nem ouço os ruídos de quem está preparando alguma coisa urgente, definitiva, sem retorno possível. Aqui nesta sala, sentado na mesma poltrona onde passo as tardes bebendo gim, fumando um cigarro atrás do outro e cuidando pra que não se desmanche da cara a expressão de quem está pouco se fodendo, só posso esperar, enquanto ela decerto agora dobra meticulosamente suas roupas caras de promotora pública recém empossada e as arruma dentro da mala como num berçário. Hoje, quando acordei, me surpreendeu ela ainda estar em casa, ali, parada na porta do banheiro, olhando fixamente pra dentro do vaso. Espiei por cima do seu ombro e uma nuvem vermelha se desfazia ali dentro. A água rubra. O selo do absorvente na lixeira, papéis higiênicos sujos de um sangue transparente, desbotado. Não mostrou a menor emoção ao dar de cara comigo. Passou de cabeça baixa e colocou um papel na minha mão: meu espermograma. Bem que relutei em fazer esta merda de exame. A culpa, afinal, era mesmo minha.

Já faz algum tempo que estou aqui e ela não dá sinal de vida. Penso em ambulâncias, o lençol encharcado de sangue, a gilete na mão de unhas bem feitas, explicações na delegacia e, quando me dou conta, estou sorrindo. É pouco provável que aconteça alguma tragédia. O clima tá mais para um elegante e definitivo pé na bunda, tudo por causa de um pouco de sangue no lugar de uma impossível cria. Depois dos trinta, amor, paixão, romance, tudo vai pras picas: não existe muita diferença entre uma mulher sem filhos e uma vira-lata no cio. Procriação: taí a próxima "meta". Uma consequência quase automática da tão batalhada "realização profissional". Não tem jeito. Tudo o que elas querem é fabricar a partir das próprias entranhas um animalzinho cagado, exigente, cheio de significados escusos, pra que possam moldar à sua imagem e semelhança, numa espécie de vingança covarde contra o Grande

Deus sem Buceta — "parirás os filhos com o suor do próprio rosto" — que, num ato de justiça suprema, relegou-as a segundo plano no engodo da criação.

Parece que estou vendo: ela vai chegar, sentar na minha frente, olhos nos olhos, e, num tom contido, canastrão, com a segurança complacente de um mestre que dá sábios conselhos a um menininho estúpido, vai dizer que não dá mais, que não aguenta mais me ver aqui, todos os dias, "sem mexer uma palha" pra "*concretizar* teus projetos", meus "objetivos", os quais, de certa forma, também passaram a ser dela "no momento em que a gente decidiu morar junto" e, depois de um silêncio de grande efeito dramático, "eu ainda te amo", etc. e tal, "mas não aguento mais te ver aí, matando a bebida e cigarros — comprados, aliás com o *meu* dinheiro — o poeta maravilhoso" que, ela sabe, acredita de verdade, que eu ainda possa me tornar... E então acho que me levantaria daqui e enfiaria uma porrada no focinho dela, só por ter me chamado de poeta.

Saudades. Do tempo em que qualquer bobagem que eu dizia soava pra ela como uma redescoberta do mundo. Saudades do tempo em que, eu também, acreditava que no mundo ainda havia coisas que valiam a pena ser descobertas.

Há dois anos e meio, nesta mesma poltrona, me dedico a imaginar futuros possíveis e decidir que nenhum deles vale a pena. O rosto impassível. Mas a garganta lotada de palavras apodrecidas, inchadas como os afogados. Até seria fácil dizer pra ela: sou um *intelectual arrojado*, cabeça e tronco, tenho páginas e páginas escritas e amarrotadas dentro do tórax, mas tudo, palavras e frases, resvala pelas valetas do cérebro quando, antes de pegar a caneta ou comprimir cheio de *inspiração* as primeiras letras no teclado, aperto por cima da calça minha tripa exposta, *a moela da melancolia* e, no mesmo instante — a felicidade na garganta transpassada de angústia: gritos, gemidos, olhares castanhos e bocas vermelhas na extremidade oposta de cus azulados que transbordam saliva e azeite, bucetas laceradas, a pungência repetitiva de cacetes venosos, rombudos, no tique-e-taque ofegante do esgarçamento de esfíncteres, bocas gulosas, a baba escorrendo, grossa, girando roliça a cada volta do eixo, *perfuração!*, ralos profundos e escorregadios de merda, saliva e esperma, páginas coloridas, *close-up*, corpos esquartejados, fiambres, cilindros e fendas —, captadas pelo olhar paralítico de uma câmera a quilômetros e quilômetros de distância. Deveria contar tudo, não poupá-la de nenhum detalhe, por mais sórdido ou humilhante que possa parecer, num minuto estou irrevogavelmente decidido, mas no outro, bebo um gole de gim e desisto — enquanto ela, lá dentro, continua a preparar meu abandono com a meticulosidade de quem esmaga, na palma da mão, a fragilidade de um ovo que gorou na casca.

A humilhação de confessar que mesmo com ela — hálito, cheiro, calor —, mesmo na presença exigente da sua carne, é pensando nestas miragens que *consigo*, que *chego lá* ("chegou lá, querido?"), que *aconteço...* dizer tudo, abrir o jogo, colocar os pingos nos iis. *A culpa* — quando dedo, olhar ou língua penetram pela fresta, pelo orifício proibido —, a culpa é o filémignon da tara, eu compreendo (invejo!) os pedófilos, os estupradores.

Ao invés do estupro, há dois anos e meio me dedico ao ofício renitente de perambular dias inteiros pelo centro da cidade, remoendo desejos frustrados de me matar ou pôr o pé na estrada, pra nunca mais — são estes os assuntos que domino. Como não conseguir escrever uma linha, por exemplo. Os últimos dois anos neste túnel do tempo, nesta inércia fodida — uma piada de mau gosto acreditar que a vida ensine alguma coisa além da trapaça. Até descobrir, no centro, as salas proibidas. E, sem opor resistência, ser remetido a um passado não muito distante, mas igualmente sujo, claustrofóbico, e, por isso mesmo, tesudo: (o *cantinho. Embaixo. Atrás. Entre. O sótão. O porão. O matinho...*).

A primeira pornografia, Coleção Arte Erótica: *Christiane, 18 anos, Universitária — Violentada.*

Na biblioteca do pai, um livro de capa verde, belíssimas ilustrações a bico-de-pena. *Christiane* e cabeça pra baixo, uma corda grossa fazendo valas na carne dos braços, pernas, quadris e, na buceta, enfiado até o talo, um sarrafo cúbico, cheio de farpas e quinas. Na ilustração, Christiane gritava, contorcendo-se, dentes cerrados, mordendo o grito de dor e gozo (*universitária*, até hoje, um calafrio no períneo). Depois Sade, *A Filosofia na Alcova ou Escola de Libertinagem*, nu frontal e bucetas escancaradas, Matilde Mastrangi, Sandra "Esposa do Cavalo" Morelli, nomes grudados a rostos, peitos e bundas, genitálias desnudas, carnaval na TV, modelo & atriz provocando um curto-circuito nas gônadas, os *strips* do Plantão da Madrugada (tinha que ser assim, debaixo de edredons e cobertores, pra poder disfarçar se a porta fosse aberta de supetão). Ginger Lynn e seus gritinhos tesudos, dois orifícios abertos e lubrificados oferecidos de quatro — posição na qual a mulher fica mais bela — a minha adolescência reacionária e obesa (Ginger Lynn foi minha primeira namorada), Mulheres que Dizem Sim, Xuxa e Paquitas entre as bochechas, *forever*. A mão esquerda na tecla *stop* do controle remoto. A direita na luta aflita. Buttman, o maior legado do Cinema Novo, uma câmera na mão e uma ideia imunda na cabeça, mulheres do avesso, costuras, forros, anáguas — seis dedos em anzol afastando as paredes internas do reto, a voz da minha mãe dentro de casa, exumação, teleputas no jornal, linchamento, *Playboy* e *Anal Sex*, a Banca de Carnes do Mercado Público Municipal, globalizada, via Internet.

Um desejo desgraçado (autofágico) de beber mijo, molestar crianças, enfiar o rosto no cesto de roupas sujas da casa de estranhos, dar o cu pra vinte desconhecidos numa só tarde, dentro de um banheiro público. Quando a culpa passa a jogar do nosso lado e se torna a parte mais nobre do gozo, meu pau duro em homenagem a coisas que nunca existiram e a porra espreguiçada no dorso da mão. O ralo. O esgoto. A graxeira.

Um tesão desgraçado!

Alguns aprendem línguas, praticam *rafting*, saltam de paraquedas, seguem trilhas no meio do mato. Eu uso de propósito a camisinha do jeito errado (deixo entrar um pouco de ar) e, todas as terças e quintas, fodo putas de rua. Um *hobby*. Uma forma como outra qualquer de enganar o tempo.

Ouço um barulho. Vou até a cozinha, encho o copo, e espero ela chegar. A mania que as mulheres têm de repetir sempre a mesma coisa como se fosse novidade. O barulho cessa: nada acontece. Ela continua arrumando suas coisas. Levanto, vou até o corredor e encosto o ouvido na porta: está chorando. Ouço o guarda-roupa ser aberto e depois fechado, passos na minha direção. Sem fazer barulho, corro pra poltrona e acendo um cigarro — toda a tranquilidade do mundo nesse gesto. Vejo sua sombra passar do quarto pro banheiro. O perfume, pronta pra sair. Deve ter ido retocar os olhos inchados. Bebo mais um gole e espero.

Uma cena vista há muito tempo, numa Sala Privé do centro.

(A porta do cinema: entro ou não entro? E se passar algum conhecido bem na hora que eu estiver entrando? Da janela do carro ou do ônibus, eu, entre automóveis e pedestres, olhando para os lados e atravessando a porta estreita e escura: Sexo Explícito.)

Um filme nacional de 5ª categoria, "Sady Baby": mulheres pelancudas e homens desdentados. Um anão comendo o cu do outro: o anão de baixo tentando alcançar com a língua a boca sorridente do anão de cima (lembro que bati uma punheta pros anões se enrabando) num terreno baldio, um mendigo, um mendigo negro. Em *close*, a boca mendiga chupava uma rola de pentelhos pixaim: sugava e sugava, cheia de fome, a boca mendiga. Um princípio de revolta na plateia... Mas só um princípio: os masturbadores sabem ser discretos, quando o Pentelhos Pixaim começa a esporrar na cara do mendigo negro — lábios, nariz, carapinha —, por todo o rosto a goma elástica e esbranquiçada da porra.

Cara toda melada, o mendigo olha pra câmera — uma película de catarata cobrindo parcialmente um dos olhos e, sacudindo o queixo empinado, começa a murmurar, num crescente, "Machu p'á caraaalhu!", um fio de esperma balançando no queixo empinado, "Machu p'á caraaalhu!" Na voz, toda a ginga & malemolência dos malandros cariocas e um biquinho obsceno no final de cada palavra terminada em "u".

Cartazes desbotados. Uma loirinha de olhar lânguido, a ponta do indicador escorrendo dos lábios, um peitinho à mostra (entro ou não entro?). A compra nervosa do ingresso. As coxas de encontro à roleta, e, num segundo, tudo se resume a um silêncio enorme, sujo e abafado, entrecortado por gritos e gemidos. Não se ouve mais o barulho dos carros, dos ônibus, dos passos apressados que se esbarravam lá fora, mas um pouco daquela fumaça ardida, um pouco daquela gente batalhadora e vagabunda, o cheiro de enxofre e asfalto, entra comigo na sala escura como sequências editadas num filme, assim: motores e buzinas/ gritos e gemidos, gente apressada/ gente fodendo. Enxofre/ suor/ esperma. Derrelição. A sala recendendo a secreções mofadas. A porra na calça jeans cheirando a água sanitária. Viados de bocas atentas desfilando entre as poltronas. Adolescentes e velhos, muitos velhos. Senhores do tipo "respeitável", boné, chapéu, guarda-chuvas e, no colo, sobre a calça de tergal azul-marinho, maletas surradas, sacos plásticos, valises. A mão ali embaixo, dedos trabalhando em sequência, como se tentassem catar do chão as últimas migalhas da virilidade corroída, até o sabugo, por rapapés e convenções. Bagagem de vida. Sabedoria. Ensinamentos e conselhos — tudo resumido no movimento quase autista (vaivém inútil) da mão trabalhando por baixo da sacola.

O olho em agonia parado na cena. Viados misturados à sujeira do chão, boqueteando-se uns aos outros entre as fileiras. A "sala", uma grande incubadora: em cada leito, a fase terminal de um gozo prematuro.

Um plano de fuga. Um vício solitário, como escrever.

Ela sai do banheiro. Entra no quarto que seria do bebê (o "nosso escritório"). Barulhos nervosos. Sai de lá carregada de pastas e papéis; daqui a pouco, vai sair por aquela porta, pra nunca mais.

O que me deixa puto (deu pra perceber no breve olhar que ela *não* me lançou ao passar pelo corredor) é que ela sabe de mim. Sempre desconfiei que eu era tudo o que ela mais sabia. A vida inteira agiu como uma obstinada no que se refere a suas metas e objetivos. Um jeito de lidar com as coisas que já chamei, no meio de uma briga, de *comportamento de avestruz* — como aquela ave grande e estúpida que, ao contrário de voar, persegue obstinada as coisas do chão, as porcarias brilhantes e o fundo escuro dos buracos (autoajuda, computação, cursos intensivos de inglês).

Mas tenho que admitir: ela conseguiu, *chegou lá*.

Só não contava com a inconsistência da minha porra e com a minha total esterilidade pra tudo que seja prático ou patético. Pra mim, dá na mesma.

Uma última tragada no cigarro. A guimba esmagada no braço da poltrona. E devolvo pra minha futura ex-mulher imaginária um sorriso másculo — mandíbulas tensas de raiva e superioridade. A merda é que ela sabe. Sempre soube da fragilidade do verme no bucho deste Cavalo de Tróia. Sempre soube e sempre teve esperança (a esperança é a pedra fundamental do cretino).

Novo copo de gim: entornado como água. Levanto pra buscar mais e descubro que estou bêbado. Trago comigo a garrafa.

Ela nem desconfia, mas eu sei que ela também tem lá suas taras e fantasias, das mais depravadas e sujas, um prazer animal no ato de cagar regras, o pânico cheio de lembranças incestuosas que experimenta ao contrair dívidas ou entrar no cheque especial (seu pai perdeu tudo o que tinha e estourou a cabeça com um tiro), fica de calcinhas visivelmente molhadas quando mostra pra casais de amigos — todos bem juntinhos no sofá da sala — as fotografias constrangedoras das nossas férias no nordeste, isso, sem falar na ilusão do casamento pra sempre, na construção obsessiva de "uma carreira" — e, sobretudo, nas fantasias mentirosas que cercam o ato de parir.

Certa noite, depois de fodermos, me perguntou por que eu "não gostava de usar camisa social". Vendo minha cara de surpresa, explicou: "Depois da gente fazer amorzinho" — era assim que ela chamava — "eu podia vestir a tua camisa e trazer uma comidinha pra gente. Não ia ser tesão?"

Taí. Sua tara mais depravada e imunda: transformar nossa "vida conjugal" numa propaganda de margarina.

O que — tenho que confessar — dá um certo tesão, uma paudurescência demente, alimentada pelo desejo de espremê-la só de avental contra a pia (inoxidável) da cozinha, subjugá-la de quatro em plena área de serviço — Ki-boa, esfregões, Bombril e Sapólio —, enfiar-lhe garrafas vazias útero adentro e depois chutar seu ventre com força. Aí sim, a "nossa relação" teria alguma chance. Ao invés disso, ela se limitava a chupar meu cacete de joelhos e depois — boca aberta e queixo ligeiramente empinado, tipo pia-de-água-benta-cheia-de-esperma — sair correndo em direção ao banheiro pra cuspir a porra e escovar os dentes.

(Saudades, meu Deus!, saudades...)

Estilhaços. Barulho de cacos de vidro chovendo sobre os móveis. O copo contra a parede, com toda a força: passo a beber no gargalo (uma cena vagabunda de filme americano de quinta categoria).

Como dizer pra ela que eu seria um péssimo pai pro seu filho? O mundo de hoje, a Cultura! (puta que o pariu...), não merece uma gota do meu suor, quem dirá do meu esperma. É uma piada de mau gosto viver entre *semelhantes*... Como explicar pra ela o caroço, o entrave, que sempre preferi tocar punheta a fecundar suas entranhas de mulher "batalhadora", só pra não correr o risco de gerar filhinhos tão "batalhadores" quanto, a pornografia que escondo nas pastas destinadas às anotações pro livro — aquelas etiquetadas com a ordem pomposa: CONFIDENCIAL —, e que ela respeita?

Sim: *ela me Respeita.*

Ou respeitava. *Tailleur* preto e saia justa, camisa branca por baixo, colar de pérolas falsas. Óculos escuros. Cabelo preso num coque, ela passa por mim, evitando olhar pra minha cara (maquiagem discreta, uma expressão dura no rosto).

Numa das mãos, a mala. Na outra, uma pilha de revistas e fitas de vídeo.

Sem me olhar ou dizer palavra, joga no meu colo aquelas lápides coloridas, recheadas de corpos nus. Depois abre a porta, e sai. Escuto a voz de osso partido da fechadura murmurar três vezes: *"Tchau y gracias".*

Uma esperança.

Como das outras vezes, ela vai entrar de novo pela porta e se atirar no meu colo, aos prantos. Espero. Um retângulo de sol vai minguando sobre o tapete.

Ela não volta.

Abro uma revista e tiro o pau pra fora. Fico nessa até o sol desmaiar na janela e ser substituído pela claridade leitosa das luzes de mercúrio. Acendo um cigarro. Tomo mais um trago. De pau mole, começo a tocar uma punheta furiosa, e repetir comigo mesmo na sala escura: "Machu p'á caraaalhu... machu p'á caraaaalhu... ma-chu-pá-caraaaaalhu!"

PIETÁ

Todos os dias ela chegava, desabotoava o primeiro botão do hábito, molhava uma toalha no mel e me dava pra chupar. Uma semana ali, o gosto do pano já me deixava enjoado, mas mesmo assim eu chupava, não queria fazer desfeita. Uma semana. Talvez duas. As pernas imóveis, a coluna reta, bem-posta na cama macia, dos quadris até a nuca.

Cortinas abertas: um rasgão de céu abrupto — e os olhos bondosos com que ela me olhava enquanto eu lambia as nódoas do pano: uns olhos de Virgem Santa.

Podia até imaginar a serpente esmagada entre a concavidade do globo e seus pés descalços, o que me dava uma sensação esquisita numa parte indefinida do corpo, uma espécie de inchaço ou hematoma que, um dia (me lembrava vagamente), já tinha sido bem mais prazerosa, e não se chamava dor.

Era assim que eu acordava todos os dias. O sangue peçonhento da serpente untando o globo como dois olhos raiados de vermelho, a toalha pegajosa de mel, a cortina descerrada a um céu medonho, quase violento quando azul, assim como a bondade e a compaixão quase insuportável que vinha dos olhos dela.

Quando a toalha por fim se resumia a um gosto amargo de saliva, ela tirava delicadamente o trapo da minha garra, virava as costas e desaparecia do meu campo de visão. O colar ortopédico só me deixava olhar para os lados com o canto dos olhos. O gesso me imobilizava da cintura aos tornozelos e, por algum motivo, eu também desaprendera a falar na frente das outras pessoas.

Depois que ela ia embora, eu ficava o resto do dia olhando seu rosto projetado no teto. O rosto bonito na moldura do véu. O véu negro. A túnica branca de cavaleiro medieval que as freiras costumam usar em torno do rosto, como se o pescoço delas também estivesse engessado. O crucifixo entre os seios. O corpo do seu noivo ali, olhos voltados pra cima, joelhos feridos, mãos e pés pregados numa lenda interminável de traição e sevícia, e eu imaginava meu corpo pendurado naquele mesmo lugar, só que com olhos mais vivos e voltados para baixo ou para os lados (nunca para cima), inquirindo, sempre à procura, o pano em torno dos quadris estufado na parte da frente.

A partir do teto, o rosto dela vinha se aproximando, e quando chegava bem rente à minha boca sumia pela borda do colar ortopédico. Então era a dor, uma agulhada profunda que me descia pela parte interna do umbigo até o início do púbis, e eu procurava estancar o calafrio com minha garra direita, mas, impedido pelas amarras, não conseguia, de modo que só me restava fechar os olhos e esperar a dor inchar, chegar ao auge e declinar aos pouquinhos, sobrando, pelo corpo inteiro, uma grande sensação, a um só tempo, de alívio e de saudade.

Ocasionalmente, acontecia de eu ver meus pensamentos fora de mim: me deixava ser conduzido por imagens embaralhadas e todos os fatos ganhavam um peso que não era o deles, e depois de pesarem feito blocos de chumbo ficavam de cócoras sobre meu peito, me olhando no grão dos olhos com uma interrogação, um enigma insolúvel estampado na cara.

Lembro que cerrava as pálpebras, esperando que eles fossem embora, mas nunca se moviam quando eu queria. A ideia fixa na bobagem que era estar ali, na cama, paralisado por um troço que, na verdade, não existia. Tentava dizer "foda-se" e me levantar e dar um grito chamando por ela, mas quando o grito finalmente conseguia se despregar da voz — cabelos melados, pedaços de arame — já era tarde demais.

Existem mentiras que de tão bem contadas ganham corpo e movimento. E são capazes, inclusive, de ficar de cócoras sobre o peito da gente sem se cansar (e elas nunca se cansam). Tudo o que se pode fazer é tentar o esforço sobre-humano de olhar pra elas bem no fundo dos olhos — o que é tão difícil quanto olhar o fundo dos próprios olhos quando refletidos no espelho —, e esperar.

Eu então pensava nela, no gosto de mel e engulho do pano chupado, nas raras vezes em que ela deixou que eu lambesse os nós dos seus dedos, fingindo que não notava, e no cheiro de alfazema e naftalina que devia persistir na sua pele depois que tirasse o hábito.

Ainda hoje, depois de tudo, nas minhas caminhadas capengas e sem rumo pelo centro da cidade, fico tardes inteiras parado no canteiro central da avenida, sozinho entre carros e pessoas, espiando pelas vidraças de um passado de paisagens submersas, objetos perdidos entre as frinchas, escolhos, ratoeiras, vertigens de bolso, abismos portáteis, é como se não conseguisse enxergar além dos retalhos de vidro, dos corais de matéria plástica, da asfixia quase opaca das palavras, dos sonhos e das ruas lotadas por onde andei em épocas remotas, e que ainda se movem em torno de mim num confuso balé de peixes sem olhos e micro-organismos fluorescentes. Tudo que sei do agora é quando ele representa perigo. Apenas sob a iminência da desgraça é que, por um segundo, consigo enxergar além, e, assim mesmo, só pelo tempo da fuga: logo depois, me encerro de novo na antiga trincheira de vidro, e penso.

Não há (nunca houve) horizonte possível. Mesmo quando não estava confinado àquela cama, tudo que me lembro é do ar paralítico e da estagnação permanente que havia entre mim e as pessoas e coisas que me cercavam. Agora, no canteiro central da avenida, deixo passar rente à cara um ônibus lotado, numa sequência uniforme de olhos, narinas e bocas. Então, fecho os olhos, levo minha garra direita ao meio das coxas, ergo o queixo até deixar a garganta totalmente exposta e — língua misturando o gosto amargo e poluído do espaço, em movimentos circulares — busco novamente teus olhos, o cheiro defunto do teu hábito, o engulho adocicado do mel, e o que já teve o nome de dor se desmancha, escorre por dentro e se dilui em mais uma nódoa vergonhosa na indiscrição do meu manto. Do teu manto. Pelo próximo jorro, pelos séculos e séculos, por fim, apaziguado.

PRA ACABAR DE VEZ COM A TUA ADMIRAÇÃO

(UMA CARTA DE AMOR)

*M*ulher. *Coisa rara de acontecer. E quando acontece, coisa rara de dar certo. Um bicho escorregadio, aparelhado de silêncios imprevisíveis e pequenos objetos íntimos esquecidos de propósito pela casa. Tudo premeditado — o perfume na fronha, os brincos sobre o criado-mudo — pra tornar ainda mais pesada a solidão que deixam em seu rastro depois que batem a porta atrás de si, pra nunca mais.*

O cabelo delas cheira sempre tão bem... E, dentro da roupa, várias coisinhas sacanas enrijecem e transbordam, um demônio salivando à beira do precipício, um escorregão, e lá vou eu outra vez, de corpo e tudo, me lanhar entre escolhos.

Resgatado depois. Pode ser pela boca (o jeito certo de se carregar um peixe é segurando-o pelas guelras). Dedos em anzol, unhas crispadas. Olhar em asfixia. A boca mascando o ar venenoso que, mais cedo ou mais tarde, vai acabar me matando. Quando, na cama — o esperma ainda não tinha secado na cueca —, me deste a notícia ("tenho saído com um cara..."), um troço parecido com a morte ricocheteou nas paredes do quarto e depois ficou parado, no teto, apontado pra minha cabeça.

Cogitei um estupro. Quis te enfiar a mão na boca. Cheguei mesmo a procurar pelo chão algum objeto afiado pra te servir de consolo. Depois implodi, e continuo assim até hoje. Em escombros.

Quem sabe se eu fosse burro? Quem sabe se eu te tratasse a pontapés?

Quem sabe se eu fizesse uma "lipo", usasse camisas sociais pra dentro da calça, tivesse uma buceta no lugar do pau e pingasse um lugar comum no teu ouvido a cada cinco minutos?

Principalmente os pontapés, a certeza de que não vai dar certo, de que tu vais sofrer feito uma cadela desde o princípio ("sexo anal dói no início... depois tudo bem", não é esta a tua filosofia de vida?), a pecha de mulher "decidida" e "dona do seu nariz" que ajambraste a preços extorsivos no divã do teu psicanalista não engana a ninguém, nem a ti mesma. Quem sabe se eu pudesse mostrar o quanto te conheço e, apesar de tudo, ainda consigo te amar como quem explica a si mesmo a partir de uma sequela ou de um defeito físico?

Quem sabe se assim eu não teria uma chance?

Mulher. Pra mim nunca foi fácil.

Sinto uma inveja brutal dos cafajestes — que assoviam e chupam os beiços quando elas passam, que as viram do avesso e depois descrevem, entre copos, garrafas e piadas sujas, o diâmetro em exposição dos seus orifícios melados. O fio de cobre que enfeita a carne mais profunda das ruivas. O gosto de axila no sumo adocicado das morenas. A casca de madeira nobre que se aloja entre os dentes quando se morde com força a nuca rija das crioulas — esses sujeitinhos de quem elas gostam tanto, e que as obrigam a dormir no chão, lhes transmitem corrimentos e estafilococos e com quem, inevitavelmente, elas acabam se casando, "construindo uma história".

Tudo isto é pra ti, meu amor. Pra tua cara deslavada ao dizer que estavas me trocando por outro — um viciadinho de merda que toca guitarra pelos bares da lagoa... Um "músico de rock".

Não adianta repisar o óbvio. Que "músicos de rock" são, na grande maioria, seres invertebrados, cheios de influências constrangedoras e pôsteres colados com durex nas paredes do quarto. Que só sabem pensar com as pontas dos dedos, na base da onomatopeia ou do grunhido. Que é abjeto um ser humano idolatrar outro ser humano, por qualquer motivo que seja. Que é abjeto este troço de "idolatrar" — seja um pedaço de madeira, um boneco de pedra ou a própria natureza-que-os-pariu —, e que esses débeis mentais são do tipo que idolatram outros débeis mentais que CONSEGUIRAM morrer sufocados com o próprio vômito, e, como se não bastasse, seguindo o exemplo desses débeis mentais sufocados no vômito, eles — as cavalgaduras que tocam guitarra, pedem uma long-neck, se encostam a um balcão de bar em Biguaçu e juram que estão em New Orleans, cavalgaduras tipo essa, que está te comendo agora, no meu lugar —, entopem-se de pó, uísque vagabundo, maconha e o raio que os partam porque ACREDITAM, a exemplo dos débeis mentais que eles idolatram, que se detonar toda noite, noite após noite (como usar jaquetas de couro e desenhar o corpo inteiro com aberrações definitivas) irá torná-los uns débeis mentais menos insignificantes do que, no fundo, eles mesmos sabem, reconhecem que são.

Mas não adianta. Não adiantaria nem tentar abrir os olhos de uma cadelinha iludida como tu, que está "se descobrindo", "aberta a novas experiências", porque ceder a cola pra sujeitos rastejantes que tocam guitarra pelos bares da lagoa deve ser — pra uma dondoquinha "analisada" como tu — o mesmo que trilhar o caminho de Compostela ou se meter no Santo Daime ou, junto com seu "companheiro", frequentar barzinhos GLS e clubes de swing. "Estou saindo com um cara", e eu lá, por horas e horas, a arretar tuas rebembelas com a dedicação de quem tenta esmagar no cinzeiro uma guimba improvável, do tipo que, apesar de encharcada, não se apaga nunca, nem fudendo (principalmente fudendo).

Não cheguei a visitar teus buracos. A não ser a cavidade metódica da tua boca.

Três voltas pra esquerda. Mais três pra direita. Uma chupada na língua. Uma mordida no lábio inferior, a mão trabalhando meu pau por cima da calça, uma pausa. Olhos nos olhos, e depois tudo de novo... A excrescência do sangue germânico coagulado em teus canos. Sete anos de análise exibidos com o orgulho de quem exibe uma deformidade de guerra. Metas e objetivos bem delineados pro futuro, o tesão mórbido por tipos invertebrados, enfim, todo um aparato ancestral e filogeneticamente adquirido pra, no final das contas, empatar minha foda. A "nossa" foda: entre idas e vindas, um "projeto" abortado por mais de dez anos. A "nossa amizade" composta de sofás à meia-luz e confissões vagabundas, um desejo de morte e sevícia lambuzado no rosto junto com o beijo de despedida, tchau, seu babaca, até mais, dorme com os anjos (do inferno), sua putinha enrustida.

Eu ainda te amo. Sinto nojo. E ao mesmo tempo amo. Pra sempre.

Tenho um carro. Comprei há pouco: 72 parcelas ("é importante pra mim o homem dirigir...") e madrugadas inteiras pra atravessar, torcendo pelo voo definitivo, o pedestre distraído com a guitarra a tiracolo, andando lentamente pela faixa de segurança. Também tenho medo. E perco as mãos entre cabelos imaginários quando o frio aperta. O quase-amor pleno de infelicidade que vais compartilhar com esse idiota. Noites em claro. Nariz sangrando, corroído por dentro. As outras putinhas que ele tem espalhadas pela noite, que serás obrigada a engolir a palo seco. Frio. Algumas músicas que eu adorava e nunca mais vou ter coragem de ouvir. O abandono revisitado, como quem, de tempos em tempos, retorna a uma casa onde foi profundamente infeliz.

O amor pelas mulheres, por todas elas. E, quando finalmente cair a ficha — a saudade da minha boca e a obrigação de asfixiá-la na parte mais entrevada da tua concha.

Te desejo boa sorte: é bem mais do que pude ter.

Em nome da nossa velha amizade. Em nome desse mal venéreo que, por ocasião dos meus porres, ainda insisto em xingar de meu amor.

Esta obra foi composta em Minion 11/13,1.
Impressa com miolo em off set 75g e capa em cartão 250g,
por Createspace/ Amazon.

www.ingramcontent.com/pod-product-compliance
Lightning Source LLC
Chambersburg PA
CBHW071315130626
46556CB00004B/1616